皇弟殿下と黄金の花嫁

CROSS NOVELS

釘宮つかさ
NOVEL:Tsukasa Kugimiya

yoco
ILLUST:yoco

CROSS NOVELS

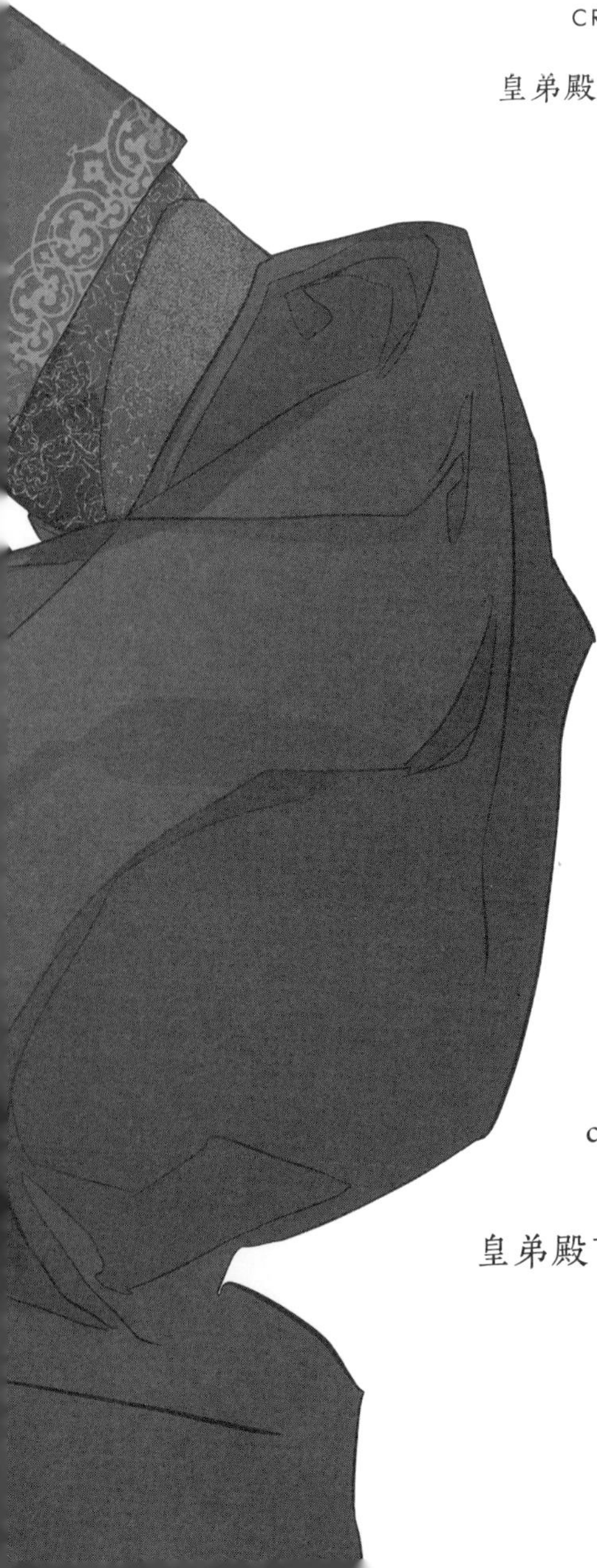

CROSS NOVELS

皇弟殿下と黄金の花嫁

contents

皇弟殿下と
黄金の花嫁

＊　序章　＊

「朱国《シュこく》だ！　朱国の国境兵が攻め込んできたぞ!!」

外から響いてきた声に、宴《うたげ》の間に残っていた者たちがざわめく。

山盛りの料理と酒が並び、大勢の人が談笑して歌い踊っていた婚礼前夜の場は、突如として張り詰めた空気に包まれた。

通路から、誰かの「逃げろ」「裏口は塞《ふさ》がれた」という声が聞こえる。室内にいた数人が立ち上がり、剣を手に通路に勢いよく飛び出していく。

真っ赤な花嫁衣装を身に纏《まと》ったシリンもとっさに腰を上げかけたが、慌《あわ》てた様子の側仕えの女性に手を摑《つか》まれた。

「お待ちください、シリン様！　通路に出ては危険です」

彼女はおそらく、『何があっても花嫁を逃がさないように』と言い含められているのだろう。

眉を顰《ひそ》め、仕方なくシリンは部屋の最奥の位置に再び腰を下ろす。

（……まさか、婚礼前夜の祝いの場に、兵が押し入ってくるなんて……）

何が起きたのかはわからないけれど、今夜、ここには花婿側の一族が勢揃《せいぞろ》いしている。酒も入り、祝いの空気に警戒も緩んでいて、一網打尽にしようとするならば願ってもない状況だろう
——つまり、乗り込まれた側にとっては最悪の状況だ。

――ここは二大国に挟まれた広大な草原の中心にあるオアシス、ディルバルの街だ。

シリンは今日の夕方、一族の長たちとともに、街の館に着いたばかりのところだった。

草原で暮らす騎馬遊牧民、バティル族として生まれたシリンは、明日、十六歳の誕生日を迎える。それと同時に、この街を支配するアラゾフ族の三男のところに嫁ぐ予定なのだ。

シリンにとっては望まぬ結婚だし、女ならばともかく、子を産みもしない男を娶《めと》る相手のほうも嬉しいわけはないだろう。

『一族に幸福を呼ぶ』という言い伝えのある特別な瞳の色の花嫁を娶れて、僥倖《ぎょうこう》だと喜んでいるのは、アラゾフ族の長だけだ。

しかし、この結婚は、ずっと昔に部族同士の間で取り交わされた約束事で、家族にもシリンにも拒む自由はいっさいなかった。

（しかし……なぜ、朱国の国境兵が……？）

勝手な行動をしないよう、側仕えに見張られながら、シリンは頭の中で考えを巡らせた。

朱国は、これまではずっと、遊牧民やディルバルに定住する者たちの自治を寛容に許してくれてきたはずだ。朱国の商人にはディルバルを訪れる者も多く、何かの間違いではないかと疑いたくなる。

つい先ほどまで盛況だった宴の場は、一変してものものしい雰囲気に包まれている。

この場に残っているのは、すでに酔っぱらって立てない者、足が不自由な老人と女子供を除けば、シリンの付き添い兼見張り役であろう側仕えの女性――そして、明日シリンの夫となるはずのリシャドぐらいのものだ。

十八歳の彼は、本来なら率先して剣を手に出ていくべきだ。しかし、大量の酒を飲んだせいか、どこかぽかんとした様子でいっこうに腰を上げようとはしない。

様子を見に行くことも叶わず焦れているうちに、通路から響いてくる雄叫《おたけ》びや、剣で打ち合う金属音、悲鳴が大きくなっていく。戦いの物音が近づいてきたことに気づき、どこから逃げようかと、子を抱いて話し合っていた女たちが、血相を変えて奥の部屋に逃げ込む。

さすがにこのままでは危険だと察したのか、側仕えの女性が「私たちも隠れましょう」とシリンを促した。

「リシャド、あなたも――」

放っておくわけにもいかず、シリンがリシャドにも声をかけようとした、そのときだった。

ふいに部屋の外の争いの物音がやんだ。

「全員動くな！」

鎧《よろい》を纏い、剣を手にした兵士たちが、そう叫びながらずかずかと部屋の中に押し入ってきた。入ってきた十数人の兵士たちは、逃げ道を封じるようにして立ち塞がる。

部屋に残ったシリンたちが身を強張らせていると、一人の男が部屋の中に入ってきた。

一人だけ官服を着た彼は、武装した兵士たちとは異なり、簡素な肩当てと胸当てを着けているのみだ。外衣の裾《すそ》を軽く払ったその男とふいに視線が合うと、シリンはハッとした。

――男の瞳は、まるで血のように鮮やかな赤だったのだ。

「こちらは朱国皇弟、朱玉瓏《ユーロン》殿下だ」

場を仕切る、兵士の中でも上官らしき男が、敬いを感じさせる声音で告げる。

大陸の東南一帯を支配する大国、朱国の皇帝は穏やかな人柄だが、その皇弟は軍師として辣腕《らつわん》で残酷らしいという噂は草原にまで届いている。皇弟は、まだ十代の時分に、海岸から攻め込んできた異国の海賊をわずか数隊で撃破した。また、父帝の暗殺を狙《ねら》った者を、策を練って宮城から炙《あぶ》り出し、すべて処刑させたという話も聞いたことがあった。

もし、この男がその噂の人物なのだとしたら納得だ、とシリンは思った。

彼は、他の者と纏う空気が異なっている。

「皆、聞くがいい――」

美貌の軍師が、通りのいい声で今回の討伐について話し始める。

ふと、かすかに弦を張る音が聞こえた気がして、シリンはとっさに音の方向に目を向けた。

宴の間の壁の上部、空気の入れ替え用に横長に開けられた穴から、矢尻が覗《のぞ》いている。

その隙間《すきま》から、年端も行かない少年がこちらに向かって弦を引いているのに気づき、シリンは愕然《がくぜん》とした。

最悪なことに、矢の標的は、乗り込んできた者たちを率いている朱国皇弟だ。

——もしこの場で、あの矢が朱国の皇族を傷つけでもしたら。

嫁いできてまだ式も挙げていない他部族のシリンも含め、この場にいるアラゾフ族の者たちは、老若男女を問わず、間違いなく皆殺しだ。場合によっては、シリンの一族であるバティル族までもが道連れにされるかもしれない。

血の気が引いたが、少年を止める時間はもうない。

「——どうかしたか?」

全員が粛々《しゆくしゆく》と話を聞く中、一人、違うほうに目を向けているシリンに気づいたのだろう。怪訝《けげん》そうな声音で軍師の男が問いかける。

答える余裕のないシリンの目に、怯えた表情をした小さな男の子が、震える手で矢を放つのが見えた。

その瞬間、何かを考える間もなく、シリンは矢と朱国皇弟の間に飛び出していた。

＊

――四日前。

遥《はる》か遠くまで広がる草原を、そよ風が優しく撫《な》でていく。

波のように揺れる草を残照が黄金色に輝かせるのは、なんとも美しい光景だ。

生まれてからこれまで、見飽きるほど眺めてきた景色だった。

だが、おそらく自分がこれを見るのはもう最後だろう。

そう思うと、どうしても目が離せなくなる。馬上のシリンはしばらくの間、煌《きら》めきながら波打つ草原にぼんやりと見入っていた。

「……そろそろ戻ろうか」

視界に故郷の光景を焼きつけてから、愛馬のナフィーサに声をかける。頭に被ったつばのない帽子をぎゅっと押さえ込んでから、シリンは手綱《たづな》を緩めた。

完全に日が落ちる前にと、あちこちで自由に草を食《は》んでいる羊たちをゆっくりと家《ユルト》の方向に追い込み始める。

気心の知れた愛馬は、もはやシリンの体の一部のように自然に動いてくれる。はぐれそうになる羊を気にかけながら、蛇行して進み、一人と一頭で百頭以上もいる羊の一群をじょじょにまとめていく。

もう間もなく十六歳になるシリンにとって、慣れ親しんだ仕事だ。

幼い頃から羊や馬の世話をしながら育ってきたからか、動物はなんでも好きだが、中でも羊は賢くてとても人懐こい生き物だと思う。

朝、一通りの世話をしたあと、放牧に出されて自由に草を食んでいた羊たちは、帰宅の時間だよと知らせると、いっせいにユルトのそばにある柵のほうへと戻ってくる。

彼らは頭が良く、こちらの顔を覚えて懐く。乳や肉、毛や革など、暮らしに必要な様々なものを一族にもたらしてくれる。遊牧民は馬と羊なしでは暮らせない。だから日々、彼らの健康に気を配り、健やかに暮らせるようにと、誰もが家族同然に大切にするのだ。

ユルトのそばまで戻ってくると、ぐるりと大きく辺りを囲って立てられた柵の入り口脇に、古びた木箱が置かれているのが見える。その上に、黒髪の小さな少年が立っている。彼は柵の中に戻ってくる羊を指差しつつ数え、誇らしげに声を上げた。

「シリン、みんないるよ！」

「ありがとう、ナラン。ご苦労さま」

ナランに微笑んで礼を言い、シリンは柵の入り口を閉める。

七歳のナランは年の離れたシリンの異母兄弟だ。まだ幼いけれど、こうして与えられた役割をきちんと果たし、家族の一員として、いつも彼なりの仕事を一生懸命にこなしている。

素直な子で、異母兄のシリンにも懐いて甘えてくれる。シリンのほうも、天真爛漫《てんしんらんまん》な弟に日々癒され、ことのほかナランを可愛がっていた。

いったんナフィーサから降りて、手綱を柵に繋《つな》ぐ。桶《おけ》に水を汲《く》んで前に置いてやってから、せがまれるがままナランと剣の打ち合いをした。

「えいっ！　とやーっ!!」

小さな体格にはまだ大きい中振りの剣を手に、全力でかかってくるナランは真剣そのものだ。

「踏み込みすぎだ、もう少し距離を取って」「今の斬り込みは良かった」「気を抜いちゃだめだ、今の隙にやられているよ」

余裕を持って応じながら、シリンは異母弟に剣の間合いを教える。

シリンは亡き父や兄たちから剣を教わった。しかし、ナランに剣を教えられるのは、家族ではもう自分だけしかいない。これまでにもできるだけのことを教えてきたが、いかんせん、すべてを教え込むには異母弟はまだ幼すぎる。

それなのにナランはこれから一人で鍛錬を重ね、この小さな手で母と祖母を守っていかなければならないのだ。神様はなんて理不尽なんだろうと、やるせない気持ちになる。

ナランの息が切れるまで相手をすると、もうかなり日は傾いていた。

「おなか空《す》いたあ……」

息を荒らげ、ぐったりとしゃがみ込むナランに笑う。「帰ろうか」とシリンは彼の手を引いて立ち上がらせ、並んで家のほうに向かった。

シリンたち一家には三つの家《ユルト》がある。

家長である祖母のユルトに、継母のマヤとナランのユルト。そして、シリンが住むユルトだ。

季節により、羊たちに与えるエサの牧草が豊富な場所を求めて、一族は定期的に移動を繰り返している。そのため建物は組み立て式だが、頑丈な木枠にしっかりとした布を張った天幕状のものので、少々の嵐程度ではびくともしない。中には天井に煙突を通した暖炉も備えつけられていて、調理と暖房に使える。

羊たちを飼う柵のそばに寄り添うようにして建てられたこの家々に、今夜はバティル一族の者が全員集まる予定になっている。

名目は、結婚の前祝いだ。

――明日、シリンは馬で三日ほどかかるディルバルの街に嫁ぐ。

相手は、まだ顔すら見たことがないアラゾフ一族の長の三男だ。

そう思うと気が重くなったが、シリンは慌てて首を横に振り、暗い気持ちを打ち消した。

一瞬不思議そうにシリンを見上げたあと、ナランがパッと顔を輝かせた。

「いいにおい！　羊肉のスープかな？」

お腹が空いていたのだろう、そう言うなりユルトに向かって駆け出すナランに苦笑して、シリンもあとを追う。

見ると、マヤたちのユルトの脇には数頭の馬が繋げられている。すでに一族の者たちは到着し始めているようだ。

「かあさま、ただいま！」

入り口のドアを開けて出てきた女性に、ナランが勢いよく抱きつく。「お帰り、ナラン」と言って頭を撫でているのは、長い黒髪を帽子と布で覆った、ほっそりとした女性だ。

「シリンもお帰りなさい。食事の支度、もう少しでできるからね」

微笑んで言う彼女はマヤといい、十年ほど前、シリンの父がバティルの長の座につき、元気だった頃に街から嫁いできた。シリンにとっては継母だ。

実母はシリンを産んですぐに亡くなったそうで、顔も覚えていない。元々シリンには二人の兄がいたけれど、上の兄は馬の事故で命を落とし、下の兄と父は、数年前に大陸一帯に流行《はや》った病にかかり、あっけなく天国に行ってしまった。

そうして、今や残った家族は四人だけだ。しかも、かろうじて身の回りのことはできる高齢の祖母を除く働き手はシリンとマヤだけで、マヤが家事を担い、放牧や家畜たちの世話はほとんどシリンが管理している。幼いナランの手まで一人前に数えて頼りにしなくては回らないほど、日々の仕事は山積みだ。

「ほらナラン、中に入る前に手を洗って」

マヤがナランの小さな手に桶から汲んだ水をかけ、洗ってやっている。

いつもならシリンも率先してユルトに入り、ナランの相手をしながら食事の支度を手伝うところだが、今日は一族の女たちが手伝いに来てくれているからその必要はない。

中に入れば、集まった一族の皆から杯《さかずき》を向けられ、労《いたわ》りの言葉とともに、心尽くしのご馳走が自分の前に山と積まれることだろう。

逃げるつもりはないけれど、これは自分が望んだ結婚ではない。祝われるのも哀れまれるのも、どちらにしても気詰まりで、少しだけ息抜きがしたいと切実に思った。

「マヤ、ちょっとその辺りを走ってくる」

ナランの手を拭いているマヤに声をかける。

「どこに行くの？」と彼女が心配そうに訊《たず》ねてきて、ナランが「シリン、ぼくも！」と焦《あせ》ったようにこちらに寄ってこようとする。ナランはもうダメよ、とマヤが言って息子を止めている。

シリンはマヤに捕まっているナランに言った。

「ごめんね、ナラン。すぐに戻るから先に家に戻っていて」

いつもならば、よほど急ぎのことでもない限り、ねだられればナランも一緒に連れていく。よかったら連れていってやってとマヤも頼んでくる。

しかし、今日は最後の夜だとわかっているからか、マヤはすぐに頷《うなず》いた。

「わかったわ。シリンの好物をたくさん作ったから、早く戻ってきてね。ほら、ナラン、いい子だから中で待っていましょう」

泣きそうなナランを連れて、マヤがユルトに戻っていく。

（ごめんね……）

心の中で呟《つぶや》きながら、戻りかけていた家を再び離れる。

斜めがけに背負った弓と矢筒も、腰に帯びた剣も外さないまま、シリンは待たせていたナフィーサのところまで戻る。またどこかに行くと気づいたナフィーサが喜んで小さく鼻を鳴らす。それに微笑み、鐙《あぶみ》に足を掛けて飛び乗ると、軽く胴に蹴りを入れる。一人と一頭は、今戻ったばかりの草原に向けて勢いよく走り始めた。

遥か彼方にある地平線へ、今まさに沈もうとする太陽を追いかけるようにして馬首を向ける。

完全に陽光が消える頃、ナフィーサの足を止めさせて、シリンはその背から降りた。

草の合間に腰を下ろし、呼吸を整えながら、静かに夜の帳《とばり》が下りていく空を見上げる。

光が消えるとともに、じょじょに闇が深くなっていく。

肌寒さを感じて、帽子の上でまとめていた布を解く。布を被って眺めているうちに、淡かった星の輝きが強い光を放つ。瞬き始めた星空の下で、ぼんやりとこれからのことを思った。

できることならここで、静かに平凡な一生を終えたかった。

生まれたときから贅沢《ぜいたく》なんて何一つ望んだことはない。複雑な生まれの自分が外から嫁を迎えるのは到底不可能だろうし、ましてや嫁ぎたいと思ったことなどない。子と老婆連れの寡婦であるマヤが今から誰かと再婚するというのも難しいだろう。

だからせめて自分が亡き父の代わりになって、家族のために働こうと思っていた。飢《う》えず凍え

ず、どうにかナランを皆で力を合わせて育て上げ、衣食住を満たして生き延びられたら、それだけで良かったのに――。

（……もう戻らなきゃ……）

ナランが待っている。マヤも祖母も、きっと心配しているはずだ。

しかし、どうしても立ち上がることができない。シリンは冷え始めた空気の中、草むらに座り込んだまま、数えきれないほどの星の瞬きをただ眺めていた。

馬が近づいてくる蹄《ひづめ》の音がして、ハッとする。

首を捻《ね》じってユルトのほうに目を向ける。

「――シリン、どうしたんだ？」

とっさに立ち上がると、馬を走らせてやってきたのは、シリンと同い年のルスタムだった。

「マヤたちが心配してる。皆落ち着かなくて、捜してこいって。何かあったか？」

「そうか、ごめん。すぐ戻るよ」

シリンは近くで草を食んでいたナフィーサに近づく。

「ここの夕暮れを見るのも最後だから、目に焼きつけていただけなんだ」

そう言いながら、ふと振り返ると、ルスタムは表情を曇らせている。

「……なあ。本当は、アラゾフには嫁ぎたくないんだろう？」

そう言われて、シリンはとっさに答えに詰まった。

突然だったので、頷くことも、首を横に振ることもできなかった。

答えは決まっている――嫁ぎたいはずがない。

シリンの嫁ぎ先のアラゾフは、昔はバティルと同じように移動を繰り返して暮らしていた一族だが、ずっと昔に遊牧をやめて定住するようになった。昔は両族間での婚姻も頻繁《ひんぱん》で、一族ぐるみで親族のような友好的な関係だった頃もあったそうだ。

しかしその後、アラゾフは過剰なほど武器を蓄えて力をつけ、いつしかオアシスのあるディルバルの街全体を支配するまでになった。そうして、各国の隊商が通行せざるを得ないオアシスの街から上がる富を、彼らは今や独占しているのだ。

街では草原に住むよりずっと豊かな暮らしができるはずだ。だが、アラゾフの長は荒々しく無作法な若者を引き立て、彼らを使って手荒な方法で街の商人たちを締め付けては、利益を散々に貪《むさぼ》っていると聞く。バティルの者も、ささいな諍《いさか》いから起こった戦で負けてからというもの、アラゾフには無理難題を押しつけられ、あらゆる意味で虐《しいた》げられ続けているのだから。

しかし、それでも、他部族から恐れられ、さっぱりいい噂を聞かないアラゾフの者に嫁がねばならない事情があるのだ。

何も言えずにいると、しばらく黙り込んでいたルスタムが、思い切ったように口を開いた。

「やはり、お前だけを犠牲にするなんて間違ってる。どうしても行きたくないなら、おれたちが戦って――」

「いいや、ルスタム。僕は行くよ」

予想していたことだったので、シリンはきっぱりと彼の言葉を退けた。

「だがシリン。アラゾフに行けばお前はどうなるか」

「この目の色に生まれたときから、もう覚悟はしてる」

そう言って、自らの目元を指す。

暗くて今はわからないだろうが、シリンの目は現在の一族の中で、たった一人だけ金色がかっている。

バティルにごく稀《まれ》に生まれるこういった瞳の者は、鈍い黄金色のときも、淡いときもあるそうだ。中でもシリンの瞳は、隠しようもないほどにはっきりと煌めく黄金の色だった。

バティル族では、珍しいこの黄金の瞳を持つ『アルティングル《黄金の花》』を大切にして敬う。

なぜなら、滅多に生まれないアルティングルが無事に成人の儀を迎え、天に召されるまでの間、あらゆる災厄は一族を避けて通る。

一族は多くの子に恵まれ、数多の財を成し、豊穣のときを迎える――。

古くからの言い伝えだ。だがそれは真実だった。過去に生まれたアルティングルは、実際に数々の奇跡を一族にもたらしたそうだ。そして、神の使いである彼らは、性別に関わりなく、一族で一番強い若者に嫁ぐと定められ、死ぬまで大切に崇《あが》められ続けてきた。

最初のアルティングルが誕生した頃が、バティルの最盛期といえる時代だったようだ。

——しかし、それから間もなく、バティル族は獰猛《どうもう》なアラゾフ一族に戦で敗北を喫した。

アルティングルの奇跡の噂は他部族にまで届いていた。そのため、バティル族は、敗戦の代償として、代々蓄えてきた財産のほとんどを奪われ、その上、次から『アルティングル』が生まれれば神の花嫁としてアラゾフに差し出す、という条件をも泣く泣く呑むしかなかった。

そうして、何人かのアルティングルを約束通りアラゾフに嫁がせたあと、十六年前にバティル一族に誕生したシリンの瞳は、黄金色だった。

愕然とした母は、一族の皆に縋《すが》り、『どうかこの子の目の色をアラゾフの長には伝えないでほしい』と必死に頼み込んだ。皆は同情し、話し合いの末にその願いを受け入れた。母のおかげで、シリンは一族の者以外に目を見られないようにして育てられることになった。

開けた草原では、やってくる他部族の者はすぐにわかる。一族以外の者が訪れたときには素早く身を隠し、シリンは決して目の色を見られないように気をつけて暮らした。

しかし、アラゾフの者に黄金の瞳を持つ子供がいると気づかれたのは、二年前、大陸全体に熱病が流行り、シリンの父と二番目の兄が高熱に苦しめられていたときだった。一族の半分以上の者が伏せっていて、マヤとナランも体調が悪かった。やむを得ず、シリンは薬を求めてディルバルの街の近くまで行き、旅の薬売りを摑まえて熱病に効くという薬を買った。しかし、そこからアラゾフの者に珍しい瞳の色が伝わってしまったのだ。

すぐに話はアラゾフの長の耳に入った。約束を偽ったと激怒した長から、皆殺しを回避する代わりに言い渡されたことは、二つだ。

一つ目は、アルティングルを隠した詫《わ》びのために、すぐに羊百頭を差し出すこと。

そして二つ目は、二年後、十六歳になり、成人を迎えたアルティングルを、花嫁としてアラゾフに差し出すこと——。

一族の命綱ともいえる羊を三分の一ほども奪われ、バティィルは急激に困窮した。更には、危険を冒してまで手に入れた薬が間に合わず、シリンの父と二番目の兄は天国にいってしまったのだ。

戦うにしても、流行り病で多くの命を失い、もはや滅びかけているバティィル族と、富を手にして武器も豊富、若者も大勢いるアラゾフとでは相手にならない。もし今、嫁ぐことを拒んだり、逃げたりでもすれば、バティィルの者は全員首を刎《は》ねられ、家畜やわずかな財産を根こそぎ持っていかれるだけだ。

そんなことはぜったいにさせない。

家族と一族の皆を守るためには、自分が嫁ぐ以外に方法はないのだと、痛いほどよくわかっている。

「……これ以上、皆に迷惑はかけられないから」

百頭の羊だけでもじゅうぶんすぎるほどの報いだ。

「迷惑なんかじゃない！　誰もそんなこと思ってないよ」

ルスタムが声を荒らげてその言葉を否定する。だが、シリンの決意は揺らがなかった。

「ありがとう、ルスタム。でも、これまでのアルティングルは、生まれてからずっと、十六歳になったらアラゾフに嫁ぐことを覚悟して、怯えながら育てられたんだ。だけど僕は、母さんのおかげで十四歳まで自由でいられた。だから、ずっと恵まれているほうだと思う……そりゃ、できたら死ぬまでここで皆と暮らせたら良かったけど……この目の色に生まれた以上、仕方のないことだから」

「シリン……」

ルスタムは辛そうに顔を歪《ゆが》めている。

気持ちはよくわかる。自分だって、もし立場が逆で、彼がアラゾフに嫁がされるとしたら、必死になってどうにかできないかと考えたはずだ。

こんなにもルスタムが悄然《しょうぜん》とし、アラゾフ行きに苦い顔をするのには、もちろん理由がある。

ナフィーサの背に乗る前に、ふと思い立ってシリンは身を翻《ひるがえ》す。背負っていた弓を手に取った。

「何をするつもりだ？」

ルスタムが困惑したように訊ねてくる。シリンに射られないものなどない。けれど、辺りはもう真っ暗で、闇に慣れた二人は夜目が利《き》くとはいえ、獲物など見つけようもないからだ。

シリンは矢筒から引き抜いた矢を弓につがえて、強く弦を張る。限界まで引いてから、太陽が落ちた方角に向けて一気に放った。

空気を鋭く切り裂く音を響かせ、弓矢は弧を描く。

二人の前で、ずっと遠くの虚空へと吸い込まれていった。

「……もうこの弓も必要ないからさ」

シリンは愛用の弓を撫でる。シリンの亡き父は、一族の中でも剛腕で、剣と弓矢の名手だった。

生前の父に教え込まれ、嫌というほど鍛え上げられたシリンも、細身だが、たとえ無法な盗賊が羊を狙いに来ても叩《たた》きのめせる程度には剣の腕に自信はある。弓矢も狙った獲物は決して逃がさず、抜群の腕前だと絶賛されてきた。

鍛錬を欠かさずに来たのは、家族の暮らしと命がかかっていたからだ。

これは亡き父から受け継いだ弓だが、街に嫁ぐときに花嫁は武器を持っていくことはできない。

ルスタムにずいと弓を差し出す。

「これはナランにはまだ大きい。よかったらお前がもらってくれ。できれば、時間のあるときに、ナランに弓と剣を教えてやってほしい。お前なら安心だ」

ルスタムはシリンと獲物を奪い合って育った間柄だ。性格も穏やかで優しい。彼にならナランの師を任せられると思った。

躊躇《ためら》いながら弓を受け取ったルスタムは、無理にもニッと笑顔を作った。

「……ああ、ナランのことは任せろ。おれが責任を持って一人前の使い手に仕込んでやる」

置いていくことになる異母弟のこれからを心配するシリンの気持ちを理解してくれたのか、ルスタムはその願いを快諾してくれた。

シリンは笑いかけ、「ありがとう。じゃあ、戻ろう！」と声をかける。

「お腹も空いたし、マヤたちが待ってる」

シリンはナフィーサの首を撫で、今度こそ、その背に飛び乗る。

まだ物言いたげなルスタムを促し、宴が催されている最中であろうユルトに戻った。

＊

生まれ育った草原で過ごす、最後の夜が明けた。

夜明け前に目覚めたシリンは、家《ユルト》を出ると、時間をかけて愛馬ナフィーサに別れを告げた。嫁入りに持っていくものはわずかだ。残していく私物の中で、使えるものは一族の皆に渡してもらうことになっている。いったんユルトに戻り、中を綺麗に片付けてから、身支度をする。荷物を担いで外衣を羽織ると、再び外に出た。

「あ……」

朝焼けに包まれた草原を背に、ユルトの前には、すでに一族の者たちが全員集まっていた。マヤと、眠そうな目を擦《こす》るナランもいる。最後だからか、足の悪い祖母までもが両脇を支えられながら出てきているのに驚いた。

「ばあ様、足が」

祖母は、大丈夫だというように手でシリンの不安を制する。

「シリン。一族のために……、お前には、すまないことをする」

かすれた声で言われて驚いた。祖母はこれまで、シリンの嫁入りに関して何も口を出すことはなかったからだ。

駆け寄ったシリンは、身を屈《かが》めて祖母を抱き締める。祖母はすまないね、とまた小さな声で言い、シリンの背中を枯れ木のような腕でぎゅっと抱き返してきた。立っているのはもう限界だったようで、シリンから離れてすぐ、マヤに付き添われてよろよろとユルトのそばに腰を下ろす。

一族は年長者を敬う。祖母がいてくれるだけで、マヤたちが無理を言われる可能性が格段に減るのだ。だから、どうか一日でも長生きして、マヤと、それからナランの成長を見守ってやってほしいとシリンは祈った。

それから、出てきてくれた一人ひとりと抱き合い、最後にマヤたちのところに行く。

まずナランの前に行くと、シリンはしゃがみ込んだ。

「弓と剣はルスタムが教えてくれる。これからは、マヤとばあ様をお前が守るんだよ」

それを聞いて、ナランは目をぱちぱちさせた。「わかった！」と言って頷いてくれたが、「ルスタムたちとディルバルに行くんでしょう？　いつ帰ってくるの？」と訊ねられて困った。自分が嫁入りのために村を出るという話はマヤから聞かされているはずだが、まだぴんと来ていないようだ。

それもそのはず、考えてみれば、ナランが生まれてから街に嫁に出る者は、自分が初めてだ。

これが最後のお別れだということがまだ理解できていなくても仕方のないことだと思った。

（だったら、そのほうがいいな……）

できることなら笑顔で別れたい。ナランはシリンが八歳のときに生まれた。自分もまだ子供だったけれど、数えきれないくらい弟のおむつを替え、背負って子守りをしながら羊たちの世話をし、夜泣きをあやしてきた。シリンはまだ自分の胸までの背丈しかないナランを屈んで抱き締め、額《ひたい》に口付けをする。まだ幼い異母弟のこれから先の人生が、少しでも光に満ちたものでありますようにと天帝に祈った。

「皆、一週間くらいで帰ってくるよ」

戻るときには自分はいないけれど、と思いながら、悲しい気持ちでシリンは言う。

どこかきょとんとしているナランの頭を撫でて立ち上がり、隣にいるマヤの前に行く。

「マヤ」

「これはお守りよ」

手を取られ、細かい刺繍の入った美しい腕輪をはめられる。忙しい家事の合間に作ってくれたのだろう、とても丁寧な柄の刺繍《ししゅう》だった。

「とても綺麗だ。ありがとう、マヤ」

薬も持っていってと、小さな袋も手渡された。受け取ったシリンの手を、彼女がぎゅっと握る。

「……どうか、元気で。離れて暮らしてても、ずっとあなたの幸せを祈ってるわ」

黒い目に涙を溜めたマヤが、そう言ってシリンを抱き締めた。

自分たちが泣くと、ナランも泣いてしまうかもしれない。万感の思いが込み上げたが、マヤを抱き締め返して、シリンはただ頷いた。

嫁いできた当時から、マヤはシリンたち兄弟に優しかった。突然三人の子の継母になり、戸惑いがなかったはずはない。それなのに、彼女は毎日ねだられるがままあれこれと街の話をして、拙《つたな》いシリンの話も根気よく聞いてくれた。母の温もりを知らずにいたシリンは、優しいマヤがすぐに大好きになり、母とも姉とも思って心から慕った。翌年にナランが生まれてからも、マヤは義理の息子たちに分け隔てのない愛情を注いでくれた。

義母になってくれたのが彼女で、自分は幸運だった。シリンは感謝の気持ちを込めて、マヤを抱き返した。

「ありがとう。マヤも体に気をつけて」

言いたかったことは、これまでの暮らしの中ですべて伝えてある。

「二度とこの地には戻らず、婚家に尽くします……バティルに祝福あれ」

シリンは、皆を見ながら、嫁ぐときに誓うしきたりの言葉を告げた。

シリンに祝福あれ、と皆が口々に声を上げる。

用意された馬の背に乗る。愛馬のナフィーサは一族の元に置いていくことにしたから、これは別の馬だ。

ディルバル行きには、シリンの父亡きあと、一族の長の座についたナシバと、その息子のルスタムを含め、護衛を兼ねた若者たちが三人付き添ってくれることになっている。

本来なら結婚の際は、一族総勢で相手の家に赴くものだ。

けれど、これは普通の結婚ではない。

持参金もなく、仲人もいない。寂しい門出は、本当は一族に幸福を授けるアルティングルを差し出したくないという、バティルからのせめてもの抵抗でもあった。

「――では、出発だ」とナシバが声を上げる。

見送る一族の皆に何度も手を振り、シリンは故郷の草原をあとにした。

長が率いる一行は、三日かけて草原を東南の方向に横断した。

＊

シリンたち遊牧民が暮らすイズマハールの大平原は、北西のリューディア国と、東南の朱国という二つの大国に挟まれている。

その大平原のほぼ中心に、ディルバルのオアシスはあった。

大平原には滅多に雨が降らない。農耕には適さない枯れた土地のため、二つの大国のどちらにも属さない代わりに、どこの国のものにもならないと定められている。そこに暮らす遊牧民の自治は許されているけれど、大陸全土を支配しているのはリューディアと朱という二大国の皇帝たちだ。

もし、二大国の皇帝のどちらかが大平原を我がものにしようと決めれば、多勢に無勢で勝ち目はなく、遊牧民はすぐにでも行き場を失うことになる。だから、草原で暮らす者たちは、遊牧民のどの部族も、街で暮らす定住者たちも誰もが皆、常に大国の顔色を窺《うかが》い、両国の商人が来れば何よりも優遇して頭を下げ、決してかの国々の者に歯向うことはしない。

そのおかげで、遊牧民が自由に羊や馬に草を食ませ、旅人が行き来できる道として、大平原は長年の間自由を与えられてきた。

ディルバルは、定住することを選んだ遊牧民や旅人がオアシスに集まり、自然と市場が開かれるようになって、いつしか人と家が増え、大きな街になった。ディルバルを通らずに二大国を行き来するには、盗賊が出没する深い峡谷を通る必要がある。必然的に、各国を行き来する商人たちが必ず通らざるを得ない場所のために、ディルバルは年々栄えていった。

通る商人たちがついでに商売をしていくので、ここに来れば、どんなものであっても必ず手に入ると言われている。藁《わら》にも縋る思いで訪れる者も多いと聞いた。

アラゾフが勝手に街を支配して、商売に税を課し、我が物顔で振る舞うようになるまでは——。


目的地に近づくにつれて、ぽつぽつといくつかの建物が見えてくる。一行は、日乾しレンガ造りの家々がずらりと軒を連ねた大きな街に到着した。

青空の下に天幕が張られ、通路には様々な商品を山積みにした屋台が数え切れないほど並んでいる。ちょうど市場が開かれる日だったようだ。

「ほら、こっちは揚げたてだよ！」と声を上げる商人の声に、わらわらと人々が屋台に群がる。食欲をそそる香りが辺りに漂った。

「すごい……」

市場を見回して、思わず馬上のシリンは呟く。

そばで馬を引くルスタムがちらりとこちらを見上げ、小さく笑った。

「シリンは初めて来たんだもんな。おれたちも最初にディルバルに来たときはびっくりしたよ。信じられないくらい人も物もいっぱいで、なんだって揃う。ここは天国か？　って」

ルスタムたち同行の者たちは皆、買い出しや商売のためにここを訪れたことがある。だから特に物珍しさはないようだが、初めて大きな街と行き交う人々、そして賑わう市場を見たシリンは呆然《ぼうぜん》としていた。

「あら花嫁さんよ！」

「まあまあ、真っ赤な衣装が綺麗ねぇ」

「お付きの人が少ないみたい。いったいどこの家に嫁ぐのかしら？」

頭から赤いベールを纏い、馬に乗ったシリンは目立つのだろう、通行人たちが口々に何かを言い合うのが聞こえてくる。人々の目が馬上の自分に向けられるのを感じて身を硬くする。ベールで半ば姿が隠れていて良かったと思った。

当然ながら、のんびり市場を見て回ることはできず、ナシバはそのまままっすぐにアラゾフの長の館を目指した。

アラゾフ一族の長の館は、街の中心部から道を何本か入ったところにあった。

富豪が住む通りなのか、周囲にも立派な造りの家が並んでいるが、広い庭のある二階建ての長の邸宅は、別格の豪華さだ。

入り口に立っていた使用人に導かれて中に入る。「ナシバ様と花嫁様だけお入りください」と言われ、ルスタムたちは入り口そばの部屋で待機することになった。

いったん彼らと別れて、長とシリンだけが来客用らしき広々とした居間に通される。ベールを被ったシリンは、ナシバの背中を見ながら緊張しつつ待つ。

しばらくして、満面に笑みを浮かべた壮年の男が、一人の青年を連れて居間に入ってきた。長らしき男は、両手を広げて二人を出迎えた。

「やあやあ、バティルの友、ナシバよ！　よくおいでなさった」

「セルダルどの、リシャドどの。ご無沙汰しております」

ナシバが挨拶《あいさつ》をして、長と抱き合う。セルダルは一見すると大歓迎の態度をとっている。ナシバの肩を撫でる態度は、旧友と会ったかのように親しげだ。表向きだけとはいえ、実情とは異なり、二つの部族の間に諍いなどは何もないかのように思える。

顔見知りのようで、ナシバはリシャドと呼んだ青年とも抱き合った。それから彼は「アルティングルを連れてきました」と言ってシリンを促す。

「――カリム・アナクルバン・シリン・バティルと申します」

濃い色のベールを纏ったまま祖父と父から受け継いだ姓名を名乗り、シリンは深々と頭を下げる。

「シリンか。よく来てくれたな。こちらが我が家の三男のリシャドだ。つい先月十八歳になったところで、年頃も合う。きっと話も合うだろう」

ベール越しに見ると、シリンが嫁ぐ予定のリシャドは、向こうっ気の強そうな表情をした青年だった。顔立ちは悪くはないが、他部族で男の自分を娶ることには納得していなさそうに思える。前途多難だと感じたが、自分は力関係のある他部族に差し出される身なのだ。平穏な幸せが待っているわけもなく、それくらいは当然覚悟の上だった。

使用人が茶と茶菓子を運んできて、敷布の上に並べてから下がっていく。

「では、リシャド。ベールを捲《めく》らせてもらいなさい」

にこやかに言う父の促しで、渋々といったようにリシャドが腰を上げる。こちらに近づいてきたので、礼儀として少し屈んで待つと、ベールがやや無造作に捲られる。

ゆっくり視線を上げると、こちらを見た彼がハッとして息を呑むのがわかった。

バティルの者が嫁入りをするときは、上から下まで赤色を纏うと決まっている。踝《くるぶし》丈の下衣に膝下《ひざした》までの衣服、帽子の上から布を被る。全てが赤だ。アラゾフに誕生を知られてから、嫁入りのため、祖母が不自由な手で二年かけて仕立ててくれた衣装は、あちこちに細かくて美しい刺繍が施されている。顔には、マヤに教わった通りに、瞼《まぶた》の上に薄く色をのせ、唇《くちびる》に紅をさしている。最後に、母が嫁ぐときに着けてきた耳輪と首輪を着けた。

シリンはまっすぐにリシャドを見返した。彼の目には、黄金に輝く瞳に薄茶色の髪をした、花嫁の正装を纏った青年が映っているはずだ。

滑稽《こっけい》に思って笑われるか、それとも――と腹の中で覚悟していると、セルダルが盛大にため息を吐いた。

「なんと澄んだ神々しい黄金色だ！　これはこれは、また瞳の色だけでなく、なんとも類い稀な美貌だな。代々、アルティングルは美貌の持ち主だったそうだが、このような美人の花嫁を娶れて、我が息子は果報者だ。なあ、嬉しいだろう。おい、何か言わないか、リシャド？」

褒め称えたセルダルに急かされ、ぼうっとしてシリンを凝視していたリシャドは、やっと我に返ったようだ。

「べ、別に……悪くはない」

顔を赤らめてもごもごと言う息子を、「これ、それが嫁いできてくれた花嫁に言う言葉か？」とセルダルが窘《たしな》めている。

「大切にするんだぞ。シリンはきっと、我が一族に莫大な繁栄をもたらしてくれるはずなのだから」

「セルダルどの」

どうしても言わずにいられない、というように、ナシバがやんわりと口を挟んだ。

「これまでもお話ししてきましたが、アルティングルの奇跡は古い言い伝えです。もう、最後にそちらに黄金の瞳の者を嫁入りさせてから百年以上も経っていますし、事実を知る者もいないでしょう。ですから、あまり過剰な期待をされては」

「もちろんですとも、ちゃーんとわかっておりますぞ」

うんうんと頷くセルダルのほうは、ナシバの言葉を軽く聞き流すばかりだ。

（それだけ、まだアルティングルの力が信じられているってことか……）

強奪まがいに捧げられたアルティングルが、彼らにどれだけの恩恵を与えたのかはわからない。だが、バティルとの戦に勝ってあらゆるものを奪ってから、アラゾフは急激にのし上がった。反対に、アルティングルを失ったバティルは、静かに滅びの一途を辿《たど》っている。

バティルの一族にいたアルティングルの話は、歌で残されたずっと遠い過去の話でしか知らない。けれど、その後アルティングルを得たアラゾフでは、おそらく明確にその奇跡が子や孫に言い伝えられているのだろう。彼らが異様なまでにアルティングルを得ることに執着する理由は、そうとしか考えられない。

「今夜は迎える宴を催すので、ナシバどのとお連れの皆様もどうぞ」

「ありがたく伺いましょう」

長の言葉にナシバが頷く。

「結婚式は明日執り行い、その後は披露の宴が一週間続きます。式と祝宴は我が一族のみで執り行いますので、ナシバどのたちは、明朝には出発されるがよいでしょう」

そう言われて、一瞬ホッとしていたナシバの背中が強張るのがわかった。

「セルダルどの、ですが」

「言いたいことはわかります。もちろん、私も皆さんに参列していただきたい気持ちは山々です。

しかし、昔から、アルティングルを迎える際は他部族の者を入れずに儀式を行うしきたりでしてね」

はっきりと言い切るセルダルは、その件について話し合いの余地はないという態度だ。これまでの朗《ほが》らかな顔は表向きのもので、やはり彼はディルバルを支配する悪名高いアラゾフの長なのだとシリンは実感した。

言葉を失ったナシバに、セルダルがにっこりして告げる。

「なに、不安に思われることはありません。我々はシリンどのを三男の正妻として丁重に迎えます。今後とも、我々は親戚付き合いをしていきましょう。アラゾフとバティルの友好は盤石《ばんじやく》ですぞ」

そう言うと、セルダルはさっさと使用人を呼ぶ。式が終わるまでの間は、部族の長と花婿以外の者には顔を見せてはならない決まりなので、シリンは急いでベールを被って顔を隠した。

やってきたのは、先ほど茶を運んできたのとは違う三人の使用人だった。やけに体格がよく、用心棒のようにも見える彼らのうちの二人が、床に座っているシリンの両側に控える。

「さ、シリンどのはこちらへ。皆さんには今夜の滞在用の部屋を用意してあります。案内させますので、どうぞ夜の宴までの間、お寛《くつろ》ぎください」

「シリン……」

「ナシバ、僕は大丈夫です。またのちほど」

使用人に促され、立ち上がったシリンは、ナシバに声をかける。

二人の使用人についていくと、階段を上って二階に行くよう促される。通路を進んで突き当たりにある部屋に通された。

「夜の宴の時間にはお呼びします。何かありましたらお声がけください」と言い置き、使用人たちが下がっていく。

一人になったシリンはベールを脱いで一息つく。

見回すと、室内はじゅうぶんな広さがあった。

居間の続き部屋は寝室で、どちらにも高級そうな絨毯《じゅうたん》が敷かれている。特に、寝室の寝台は重厚な造りで、布団も丁寧な刺繍が施されたものだ。カーテンや箪笥《たんす》などの設《しつら》えからも、アラゾフの懐の豊かさを感じる。アルティングルを丁重に迎えるという言葉が、今のところは嘘ではないというのが伝わってきた。

しかし、この二間には、どちらにも不思議な特徴があった。

普通は日が差し込むほうに大きく窓を造るものだが、この部屋には、手が届かないほど高いところに窓がある。風は通るようで暑くはないけれど、あの高さでは脱出は不可能だ。

くせで、何かあったときの逃げ場を探したが、身を隠すところは寝台の下ぐらいしか見つけられなかった。

(まあ、ここには狼や鷹が襲ってくることはないだろうから、心配しすぎかな……)

一通り室内を確認してから、ため息を吐いてシリンは座布団の上に腰を下ろす。卓《テーブル》の上には、新鮮な果物を贅沢に盛った籠《かご》と、水差しが置かれている。その気遣いをありがたく思いながら、ふと気づく。

出入りできそうな窓のないこの部屋では、扉の鍵さえかけてしまえば、シリンを閉じ込めることはたやすい。

（つまり……『アルティングル』の脱走防止ってこと……？）

ふと、ここは代々のアルティングルに与えられてきた部屋なのではないかという気がして、少し背筋が冷たくなった。

明日はシリンの十六歳の誕生日だ。大陸の他の国では、一般的に成人は十八歳くらいのようだが、バティルやアラゾフでは、十六歳で成人を迎える。

目を開けた三男の瞳の色に気づいたとき、亡き母は絶望に泣き崩れたそうだ。

なぜ、この子が、と。

アラゾフとの戦に負ける前ならば、繁栄をもたらすというアルティングルの誕生を祝い、黄金色の目の赤子が生まれれば、一族では宴が催されたことだろう。

しかし、アラゾフに捧げられる花嫁となると決まってからは、子を孕《はら》んだ女たちは、どうか自分の子の目が黄金色ではないようにと天帝に祈りを捧げるようになった。

なぜなら、アラゾフに嫁いだアルティングルの、その後を知る者はいない。

どんな暮らしをしているのか、生きているのか亡くなったのか、何歳まで生きたのか。嫁いだその後が、バティルの者には伝えられることはいっさいない。

バティルの者は、物を売り買いするとき、ディルバルの街を訪れる。アラゾフも、羊や馬が欲しいときは草原に使いの者を寄越す。

それなのに、アルティングルのその後を誰一人として口にする者はいないのだ。

どう考えても、後ろ暗い理由があるからとしか思えない。

母が亡くなり、街の知人から後妻にどうかとマヤを勧められた父は悩んだそうだ。器量良しだが運悪く行き遅れてしまった彼女は、アラゾフ一族の者だったからだ。

しかし、アラゾフやバティルの者は、嫁ぐとき、「二度と実家には戻らない」という誓いを立てる。

だから父は、嫁いできたマヤに固く口止めをしてから、当時七歳だったシリンを引き合わせた。

マヤは一族の中でも末端の家の出だったが、アルティングルの言い伝えのことは知っていた。

シリンの瞳の色の秘密を伝えられると、彼女はシリンをアラゾフから隠して育てることに同意し、それどころか、むしろ率先して協力してくれるようになった。

なぜなら彼女はずっと昔、バティルから捧げられた最初のアルティングルが、その後どうなったのかを、今は亡き曾祖母から伝え聞いていたというのだ。

「当時の長は、とても残酷な人で……何度か脱走しようとしたアルティングルを、逃げないように閉じ込めて『飼っていた』そうよ。今の長も恐ろしい人で、みんな彼に怯えてた。もし、シリンの目の色を知られたら、バティルにどんな罰を与えるかわからない」

マヤが聞き及んだ話によると、アルティングルの運命は、そのときの長によって違っていたらしい。

アラゾフには、過去に何人かのアルティングルが嫁がされた。

アルティングルがいると、ディルバルの街には嵐がやってこず、各国から旅の隊商が競うように次々と立ち寄り、商人に課せられた税が莫大な富をもたらした。

そして、その者が亡くなると、天帝に見放されたかのように、隊商は立ち寄る街を変えて訪れなくなったのだという。

その結果、今ではアルティングルは、どう扱われるかにはいっさい関係なく、ただ、『生きている』ことだけが重要なのだと判断されているそうだ。

最初に嫁がされた者は不幸な目に遭った。そして、その者が亡くなったあと、次にバティルから捧げられたアルティングルは、比較的まっとうな長のもと、崇められて神のように大切に扱われていたそうだ。

(僕の運命は、どちらだろう……)

一見柔和な雰囲気のセルダルと、子供じみた態度のリシャドの顔が交互に過る。

どちらにせよ、救いになりそうなことは何もなさそうだ、とシリンは重たい気持ちになった。

＊

日が暮れる頃、使用人がシリンのいる部屋に食べ物を運んできてくれた。

明日の結婚式が終わるまで、花嫁はベールを捲ることができず、飲食も自由にはできない。そのため、宴の前に食事を済ませておく必要があるのだ。ありがたくいただいて、盆の上に並べられた作りたての料理を腹に収める。

どこかから楽器を演奏する賑やかな音が響いてきて、どうやら宴が始まったようだとわかった。

食事を済ませると、身なりを整えて待つ。ほどなくして、再び迎えに来たのは美しい容姿をした女性の使用人だった。「宴の用意が整いました」と言われ、彼女についてシリンは部屋を出る。

一階に下りると、二階との出入りを警戒していたらしく、最初に部屋へ案内してくれた屈強な使用人たちが立っていた。女性の使用人について通路を進むと、先ほど通された応接用の部屋とは逆側の奥に、個人の家にしてはかなり広い部屋があった。

室内は、美味《おい》しそうな料理の香りに満ちている。吊り下げられたランプで明るい部屋の中には上質な絨毯が敷かれ、その上に山盛りのご馳走をのせた皿が並んでいる。入り口のそばには楽団が座り、弦をかき鳴らし笛を吹き、祝いの曲を奏でている。

すでにアラゾフの者たちが半分ほど座る中、あちこちから祝福の声をかけられながら、部屋の一番奥の場所に通された。

「シリン様、こちらへどうぞ」

案内の使用人に促される。花嫁と花婿が座る最奥の席には、すでにリシャドが座っていた。ちらりとこちらを見て頷く彼は、金糸をあしらった豪華な衣装に着替え、髪も礼儀に則って布で包んでいる。隣に明日から伴侶《はんりょ》になる男がいるというのに、歓喜も悲嘆も湧《わ》かない。ただ静かな諦めの気持ちだけを感じながら、シリンは彼の隣に座る。続々と招待客たちが入ってきて、座れる場所がいっぱいになる。

案内の女性はシリンの斜め後ろに控えている。側仕え兼見張り役も担っているらしく、ずっとそばで監視するつもりのようだ。

そこへ、アラゾフの長セルダルと、続いて二人の青年が入ってきた。人々の話と長によく似た二人の外見から、青年たちが一族の跡継ぎである長男、そして次男であろうとわかる。

「さあ皆様、今日は我が三男リシャドと、バティルから来たシリンの結婚前祝いです。好きなだけ飲んでたらふく食べて、若い二人を祝っていってくだされ！」

杯を手にしたセルダルが、満面に笑みを浮かべて声を上げる。

客たちも杯を掲げて口々に祝いの言葉を叫び、宴が始まった。杯にどんどん酒が注がれ、運ばれてくる大皿から料理が取り分けられていく。

ナシバたちはどこにいるのだろうとベール越しに捜していると、シリンの前に、年老いた者たちが順々に祝いの挨拶にやってきた。

「ようこそお越しくださいましたアルティングル様」「我が一族に祝福を」と言って深々と頭を下げられ、複雑な思いでシリンのほうも丁寧に頭を下げ返す。

奇跡を起こすといわれているアルティングルを真摯《しんし》に敬う老人たちは、シリンがこの結婚を強いられてやってきたことを知らない者もいるのかもしれない。

明日からは、自分もこのアラゾフの一員となる。しかし、生まれ育ったバティルを虐げた彼らに幸運が訪れるよう祈ることができるだろうかと不安になった。

ちらりと見ると、少し距離を空けて隣に座るリシャドも、次々に祝いの言葉を向けられている。注がれるまま酒を飲み、頰《ほほ》が赤くなっている。

シリンの母は別の部族からバティルに嫁いだ。年頃が合うということだけでなく、同じような遊牧民の部族で交流があったため、子供の頃から父とは顔見知りだったようだ。

結婚後、母は早世してしまったが、父はその後なかなか再婚話に頷かなかった。亡き母を忘れられなかったのだと思う。

しかし、自分の嫁入りはそんな両親の平和な結婚とは違う。同性同士だから子にも恵まれることもない。伴侶になったとしても、それは形だけで、リシャドを心から愛する必要はないのかもしれない。

(でも……せめて、少しでもいいから、どこか尊敬できるところがあれば……)

シリンは注がれるがままどんどん杯を乾《ほ》しているリシャドの様子を窺いながら、心の中で諦め交じりに祈った。

一通り挨拶を受け終えて、一息ついた頃、ふと楽団の演奏が止まった。

すると、部屋の外、ずっと遠くのほうがやけにざわめいていることに気づく。

更に、誰か祝いの者が駆けつけたのだろうかとも思ったが、祝福の空気ではなさそうだ。

室内にいる者たちの一部が大笑いしている。酒を飲みすぎ、酔っぱらっているせいで不穏な状況に気づかない者もいるようだ。

「なんなんだ……?」

まだ正気のようだが、赤ら顔になったリシャドが、隣で怪訝そうに呟く。

「ほら、誰が来たのか見てこい。静かにさせろ」

部屋の真ん中辺りで話し込んでいたセルダルが、自らの側仕えの者に命じる。

彼の側仕えに続いて、何人か入り口付近にいた屈強な体格の者たちが、立ち上がって部屋を出ていく。だが、しばらく待っていても戻ってくる者はいない。待ちきれなくなったのか、舌打ちをして、長自身が部屋を出ていく。

ばらばらと出ていく者がいて、次第に人が減り、いつしか部屋の中の人間は半分ほどになった。

そうなってようやく、この場にはナシバたちはいないようだとシリンは気づく。

(いったい、何が起きたんだろう……)

喧嘩か、それとも急病人でも出たのだろうか。ナシバたちではないといいのだが。

そんなことを考えていたとき、突然、部屋の外から悲鳴が響いた。

「朱国だ！　朱国の国境兵が攻め込んできたぞ!!」

誰かが知らせる声がして、その場に残っていた男たちが剣を手に立ち上がる。

(朱国?)

国境からはずいぶん距離がある。それなのになぜこの館に、と思いながら、とっさにシリンも立ち上がろうとすると、後ろに控えた側仕えの女性にベール越しの腕を掴まれた。

「お待ちください、シリン様！　通路に出ては危険です」

仕方なく再び腰を下ろしたところで、先ほど出ていった側仕えの男が、息せき切って駆け込んできた。

彼は、部屋に残っていた者に慌てて言った。

「例の女たちが見つかっちまったみたいだ。長と息子たちはどこだ!?」

「長たちはさっき裏口から出ていったぞ。自分たちだけ逃げたのかもしれない」

アラゾフの長には何か後ろ暗いことがあったようだ。長たちの姿が見当たらず、指示を受けられなくなった部下たちは、慌てふためいている。

朱国の兵士はもうすぐそこまで来ているのか、部屋の外からは剣を交える声や悲鳴、雄叫びなどが響いてくる。音だけを聞くと、通路は阿鼻叫喚《あびきょうかん》のようだ。

「シリン様、私たちも急いで奥の部屋に隠れましょう」

側仕えの女性が怯えた顔で促す。シリンは頷いた。同時に、子供たちを抱えた女たちが、部屋の奥に駆け込んでいくのが目の端に映った。

ベールを纏っていては視界がぼんやりしていて、とっさに動けない。無造作にベールの裾を頭の上に捲り上げた。

何かあったときに、周囲の者を守るための武器が欲しいが、辺りには使えそうなものが見当たらないのに、内心で舌打ちする。

「リシャド、あなたも」

どこか呆然としたまま座っている花婿に、シリンは声をかける。

しかし、決断は遅すぎた。シリンたちが隠れる前に、見慣れない鎧を着た兵士たちがずかずかと部屋の中に入ってきたのだ。

「全員動くな！」

部屋の中には年寄りと酔っ払いくらいで、もう十数人しか残っていない。

シリンたちが動けずにいると、兵士がずらりと並ぶ中、上官らしき者が声を張り上げた。

「我々は朱国中央軍、皇帝陛下の命のもとに帝都からやってきた」

(朱国の帝都から⁉)

国境兵ではないのか、とシリンは動揺した。

一瞬、辺りがしんとなる。皆捕らえられたのか、それともあらかた逃げ出したのか、いつの間にか部屋の外も異様に静かになっている。

揃いの鎧に兜《かぶと》を被った上官らしき男は続けた。

「いくつかの遊牧民族の者から『娘をアラゾフの者に略奪された』という訴えがあった。長の別宅で何人かは発見したが、まだ行方不明の者すべてではない。速やかに差し出せば、裁きは寛容になるであろう。しかし、隠し立てをすれば容赦はしない。屋敷の塀に一族の者の首を並べられたくなければ、すぐさま娘たちを差し出せ！」

明らかに事情を知っていそうな長の側仕えが、狼狽《うろた》えた様子を見せる。

「お前は何か知っているのか。案内しろ」

兵士に命じられ、不安げに顔を顰《しか》めながら両腕を捕らえられ、側仕えの男が連れ出されていく。

「そこのお前もだ」

側仕えの男と一緒にいた使用人が、指差されてぎくりとする。

「お、おれは、何も知らない」

使用人が慌ててこちらに逃げてこようとしたとき、布で仕切った奥の部屋から、ふらっと子供が顔を出した。ちょうど歩き始めたばかりの年頃で、緊迫したこの状況など当然わかっていないらしく、ご機嫌によちよちと出てきて、料理が盛られた皿に近づいていく。

「邪魔だ！」

逃げようとした使用人が、進行方向に出てきた子供を、あろうことか蹴ってどかそうとするのが見えて、シリンは愕然とした。

「やめろ！」と兵士の誰かが声を上げたけれど、使用人は動きを止めない。

丸腰のシリンは舌打ちをして、やむを得ず、リシャドが腰に差していた短剣の柄《つか》を摑んで引き抜く。子供を蹴る寸前の使用人に狙いを定め、素早く投げた。

「ぎゃあっ‼」

短剣は使用人の肩に鋭く突き刺さった。

「ああ、なんてこと……イリーナ！」

おそらく母親だろう、子供がいないことに気づいたのか、仕切りの布を捲ってこちらを覗いた女性が悲鳴を上げている。

蹴られそうになっても、まだきょとんとしていた子供が、その声を聞いてみるみるうちに大声を上げて泣き出した。

出てきた数人の女たちが、急いで子供を抱きかかえ、奥に逃げ戻るのを見て、ホッとした。

肩から短剣を抜いた使用人がうめき声を上げる。彼に駆け寄った老人が、シリンを睨《にら》みつけた。

「……お、お前、アラゾフの者に刃を向けるとは」

「罪のない子供を蹴ろうとしたからだ」

冷静を装って言いつつも、老人が腰に帯びていた剣を抜くのを見て、シリンは身構えた。

「おい、お前たち、やめないか！」

朱国の兵士が怒鳴ったが、老人に引く気はないようだ。

側仕えの女性と、短剣を勝手に使われたリシャドは、まだどこか唖然《あぜん》として固まっている。シリンは草原の暮らしで、羊や馬を狙った盗賊を撃退し、エサを狙う狼や鷹を射る方法を教え込まれて育ってきた。戦えるのが自分だけなら、どうにかして彼らを守ってやらなければならない、とシリンは思っていた。けれど、まさかアラゾフの者とやりあうことになるとは。

この手に剣さえあれば、やわな使用人や老人の相手などわけもない。しかし、周囲に他の武器は見当たらず、今度こそ自分は完全な丸腰だ。

使用人たちは、平時であれば、長の三男の花嫁で、かつアルティングルである自分を傷つけるようなことはしないはずだけれど、朱国中央軍の突然の来襲で、頭に血がのぼっている。

いっぽう、朱国の軍からは、おそらく自分はアラゾフの一員だと見なされているはずだ。

どちらにせよ、朱国の兵士の前で争うのは、得策ではない。

じりじりと睨み合っていると、一人の男が部屋の中に入ってきた。

泰然《たいぜん》とした様子のその男はただ一人だけ官服姿だ。鎧兜に身を固めた兵士たちの中、他の者たちとは異質な空気を纏っている。

そばには護衛の者なのか、身軽な装備の兵士が一人だけ付き従っている。

ちらりとこちらに目を向けた官服のその男に、シリンはハッとした。

(……目が、赤い……)

項《うなじ》のところで結んだ黒髪は艶やかで、街や草原で暮らす者たちとは違い、肌の色が抜けるように白い。

長身だが、その容貌はどこか女性的に見えるほど端正だ。

しかし、たとえ目の色も服装も、他の兵士たちとすべてが同じだったとしても、軍を率いてきたのがこの男だろうということは、誰の目にも明白だった。

――大陸を統《す》べる皇族の風采《ふうさい》、とでもいうものだろうか。

「こちらは朱国皇弟、朱玉瓏《ユーロン》殿下だ」と兵士の誰かが言った。

シリンが固まっていると、視線を前に戻した朱国皇弟は、通りのいい声で冷静に告げた。

「皆、聞くがいい。長とその息子たち二人はすでに捕らえた。ディルバルの街と国境は、しばらくの間、我が朱国の兵士が管理する。アラゾフの中でも、長一家と袂《たもと》を分かつ者がいれば寛容に扱おう。先々は、その者たちに限り、再び自治を許す可能性もある。しかし、もしも根まで腐りきっているようなら、この街から一族全員を追放せざるを得ないだろう」

ディルバルからの追放を持ち出され、部屋にいる者たちに動揺が走った。

奥にいる女たちにも聞こえたのか、啜《すす》り泣く声が聞こえてくる。

その様子を一瞥《いちべつ》した皇弟が、ふとこちらに目を向ける。

シリンの心臓は竦《すく》み上がった。

ディルバルの街ではまず見かけないこの目の色には気づいただろうに、彼はそれを指摘せず、別のことを訊ねた。

「お前も、どこかの部族から略奪されてきた花嫁か？」

略奪とは異なるものの、アラゾフの暴虐で、否応なしに嫁がされることに違いはない。

「僕は……」

質問に答えようとしていたシリンは、ハッとした。かすかに弦を張る音が聞こえた気がして、とっさに音の方向を探る。

「――どうかしたか？」

怪訝そうな皇弟の声が聞こえた。だが、シリンには答えられるだけの余裕がなかった。

広間の壁の上部に、小さな窓が開いているのに目を留める。おそらく、寒い日に火を焚《た》くときの空気の入れ替え用だろう。

子供か小柄な女性くらいしか出入りできなさそうなそこから、矢尻が覗いている。

――強張った顔で弦を引き絞っているのは、十歳にもならない少年だ。

おそらく彼は、アラゾフが犯した罪のことなどわからず、ただ悪い奴らが攻めてきたと思い込んでいるのだろう。

今、朱国側は、討伐のために来たにしては、比較的穏便な対応に努《つと》めている。

だが、もしこの場で、朱国の兵士を傷つけでもしたら、どうなることか。

しかも、子供が狙っている矢は、よりによって朱国皇弟のほうに向けられているように思える。

あの矢が彼に刺されれば、激怒した朱国の軍勢によって、自分も子供ももろともに、アラゾフの者が全滅させられることは間違いない。そうなれば、自分と血縁のあるバティルの一族までもが、ただでは済まなくなる。

(ダメだ)

シリンは必死で首を横に振って見せる。

矢を手にした少年が、ハッとした。

しかし、小さな手でめいっぱいに引き絞った弦を戻すことはできなかった。最悪なことに、震える手を離し、弾かれたように矢が放たれてしまう。

その瞬間、反射的にシリンは動いた――朱国皇弟と向かってくる矢の間に立つように。

衝撃を感じるとともに、左の上腕が燃えるように熱くなる。

矢はシリンの左腕を掠《かす》め、後方の床にカランと音を立てて落ちた。

「あそこだ！　あの子供を捕らえろ！」

兵士が矢を射た主を見つけ、弓を手にして怯えた顔の少年を指差す。

「駄目だ……や、め……」

やめて、と言いたかったが、どうしてなのか言葉にならなかった。

矢は掠めた程度だし、多少の怪我には慣れている。腕を押さえた限りでは、出血もそう多くはないようだ。

止血しておけばすぐ治る、と思う頭の中とは裏腹に、強烈な眩暈《めまい》を感じてぐらりと体が傾《かし》ぐ。

「おい、お前……!?」

すぐ近くで、驚いたような声が聞こえた。もはや立ってすらいられなくなり、シリンはその場で意識を失ってしまった。

＊

眠りの中にいたシリンは、いつしか自分が心地のいいふわふわした場所に寝かされていることに気づいた。

辺りからは何やらやけにいい香りがしている。

いつもユルトで眠るときには、かすかな土や草と獣の匂いがしていた。乳茶や煮炊きをした食べ物の匂いが残っていることもあったが、常にそばにあったのは羊の匂いだ。

しかし今は、これまで嗅《か》いだことのないような、上品な甘い香りに包まれている。

胸が苦しくて、焼けるような痛みを感じたこともあったが、今は楽になった。

天界に行ったらこんな心地だろうかと考えながら、シリンはふと重たい瞼を開けた。


喉《のど》が渇《かわ》いていて、頭がぼんやりする。視界には、流れる雲のようなものの合間に花が咲いているのが見える。

いったい、ここはどこなのだろう。

瞬きをしているうち、優美な雲や花は天井画だということに気づく。

やけに重たい頭を動かして横に視線を向けると、人影が目に入った。

（ナラン……？）

子供らしき人影に、幼い異母弟の姿が重なる。

「あ」

しかし、声を上げたのは、見慣れない衣服を着た少年だった。

ナランより少し年下に見える彼は、黒髪で、利発そうな顔立ちをしている。瞳の色は、赤だ。

「お、お目覚めになりましたか？　ご気分はいかがでしょう？」

言葉が出てこなくて、首を横に振ると、「おまちください、すぐに叔父上にお伝えしてきます」

と、慌てたように少年が立ち上がる。

（叔父上？）

ばたばたと少年が出ていき、入れ代わりのように入ってきた者が、驚いた顔でシリンを見る。

男は、「水を飲まれますか」と訊ねてくる。

わけがわからないままでも、ひどく喉が渇いていたので、小さく頷く。

すると、彼はシリンの背中に座布団を二つ差し込んで上体を起こさせ、口元に器《うつわ》を近づけてくれる。

こくりと飲んだ水は、たとえようもないほど甘く、美味しく感じられた。

二口飲んだだけで気力が薄れ、首を横に振る。

口元を拭いてくれる彼に何かを訊ねようとしたとき、部屋にまた誰かが入ってくるのが見えた。

（……この人は……）

「目覚めたか」

呟いた彼は、明らかに安堵《あんど》の表情を浮かべてシリンのそばまで来た。

水を飲ませてくれた男が素早く後ろに下がる。

――瞳の色が赤い。

やはり、入ってきたのは、結婚前夜の宴で見た、あの朱国皇弟だった。

下がった男が、水は飲めたことを伝える。皇弟はわかったと答え、真っ先にシリンの手を取ると、手首の内側を指で押さえる。

驚いたが、どうやら脈を測っているようだ。

それから「触れるぞ」と声をかけてから、シリンの額と、首筋に触れる。

医療の心得があるのか、彼は落ち着いた物腰で、シリンの体の状況を確認していく。

一通り、手や足の状況を確かめてから、捲った布団を戻して、彼は訊ねてきた。

「どこかに痛みはあるか」

「いいえ……ただ、体が少し重く感じるのと、指先などに痺《しび》れを感じるだけで」

なぜなのか、少し身じろいだだけであちこちぎしぎしするけれど、痛むというわけではない。

かすれた声でそう伝えると、彼はシリンから手を離して「それはそうだろう」と頷いた。

それから、シリンが着せられている夜着の袖《そで》を捲り、左の腕を見せる。

そこには布が巻かれていて、痛みはないが少し熱を持っているようだ。

あの夜に矢で射られた傷がまだ癒えていないのだとわかった。

「お前はまだ若いから、きっと助かると思っていた。もし、これがもっと高齢であったり、体力がなかったりする者であれば、おそらく解毒薬が間に合わずに今頃は天国にいただろう。後遺症が残らないといいのだが」

まだ状況を把握できていないシリンに、彼は説明してくれた。

「ここは朱国宮城の中にある私の宮だ。お前は毒矢で射られてから、二週間もの間目覚めなかった。命を助けるために、やむなく我が国へ連れてきたのだ」

（朱国宮城……⁉）

ディルバルの街にいたはずなのに、まさか、東南の朱国まで連れてこられているなんて。

信じ難いことを告げられ、シリンは呆然とした。

「私の名は朱玉瓏《シュユーロン》という。花嫁衣装を着たお前とアラゾフの長の館で会ったが、そのときのことは覚えているだろうか」

「はい……」

シリンはぎこちなく頷く。

アルティングルとして捧げられるために、ルスタムたちに付き添われてアラゾフの長の館に着き、シリンは三男の花嫁として、結婚前夜の宴に出た。

そこへ、朱国の国境兵たちが押し入ってきて、アラゾフ一族の子供が朱国皇弟である、この玉瓏《ユーロン》に向けて放とうとした矢の前に、自分は飛び出した――。

そこまでは覚えているが、その後の記憶がない。

(長や、ルスタムたちはどうなったんだろう……)

宴には招かれていたはずだから、アラゾフの者とともに捕らえられているのかもしれない。

そう気づくと、シリンは青褪《あおざ》めた。

玉瓏《ユーロン》は後ろに控えた男に白湯《さゆ》を頼んでから、シリンに向き直った。

「目覚めたばかりでまだ頭が働かないだろう。少し白湯を飲んで、食べられるなら粥《かゆ》でも持ってこさせる。また夕刻に来る。お前が寝ていた間のことはそのときに話すから、それまで少し体を休めているといい」

そう言うと、彼は立ち上がりそうになる。

「ま、待って……」

必死の思いで体を起こし、シリンは玉瓏《ユーロン》を引き留めようと手を伸ばした。

とっさに彼の服の裾を摑むと、ちょうど白湯を頼んで戻ってきた先ほどの男が、ぎょっとした顔になるのが見えた。

「話さねばならないことがあるのです」

構うことができずにシリンは頼み込む。

動きを止めた皇弟は、困ったように眉根を寄せた。

彼は服を摑んだシリンの手に、上からそっと手を重ねる。

温かくて大きな手だった。

「気が急くのはよくわかる。だが、私はお前が目覚めたと聞いて、急ぎではない患者を置いてきてしまった。あとでちゃんと聞くから、すまないが、ここで大人しく待っていてくれ」

言い聞かされて、シリンはやむなく頷く。

「いい子だ」と言い、玉瓏《ユーロン》はそっと頭を撫でる。

一瞬、驚きにぽかんとしたシリンにハッとして、気まずそうな顔になると、「何かあればこの者に言ってくれ」と言って男を示す。

またあとで来ると告げてから、彼は足早に部屋を出ていった。


再び先ほどの子供がやってきて、運んできてくれた白湯を飲む。

「すぐに粥がきますから」と言う子供に礼を言い、大人しく横になりながら、シリンは皇弟が再び来てくれるのを待った。

朱国の兵士に踏み込まれたアラゾフが、今どうなっているのかも気になったが、一番気がかりなのはナシバたちの状況だ。それに、矢を射たあの子供の安否も心配だった。

何か少しでも知らないかと、静《ジン》という名の使用人に訊ねてみても、「申し訳ありませんが、私には詳しいことはわかりかねます」とすまなそうに言われるばかりで、皇弟の来訪を待つしかなかったのだ。

しばらくして、また別の使用人が、薄い粥と果物を盛った皿を運んできてくれた。

ずっと食べていなかったからか、少し食べただけで満腹になる。しかも、匙《さじ》を握る手が疲れてきて、意識を失っている間にずいぶんと体力が落ちているのを感じた。

皿を空にすると、用意された薬を飲み、静に促されて再び横になる。目を閉じたシリンは、玉瓏《ユーロン》の訪れをひたすら待ち続けていた。

皇弟が来たら、すぐにも飛び起きるつもりでいたが、腹が満ちたせいか、それとも薬の効き目なのか、うとうとする。

ふと目覚めたときには、すでに玉瓏《ユーロン》が寝台のそばに座っていて、仰天した。

「あ……っ」

「起きたか。慌てなくていい。つい先ほど来たところだが、よく眠っていたようだったから、起こさなかったんだ」

書物を読んでいた彼は頁にしおりを挟んで閉じると、またシリンの脈をとる。

「熱は下がったようだな。話をしても構わないか？」

「は、はい」

急いで身を起こそうとすると、「まだ無理はしないほうがいい」と言って、彼が背を支え、そばにあった上着を肩にかけて、先ほどのように背もたれになるよう座布団を差し込んでくれる。

ふわりと香ったのは、眠っている間ずっと、かすかに感じていた甘い香りだ。

シリンが聞く体勢を整えると、皇弟は様子を見ながら、口を開く。

「まず……お前が何より気にしているのは、あの場にいた者たちが無事か、その後どうなったのか、ということだろう」

シリンが頷く。

「最初に確認するが、お前の名はシリン、遊牧民のバティル族の者で、アラゾフの長の息子との婚姻は強要されたものだ、ということで間違いはないか？」

「その通りです」

意識のない間に、すでに自分の身元は調べられていたようだ。シリンが答えると、そうか、と言って玉瓏《ユーロン》は二度頷いた。

「状況の確認が遅れて、あの夜は宴に出ていたアラゾフの幹部たちを一通り捕らえた。バティルの者だという四人の男は、いったん捕らえたが、事情を聞いてディルバルの街の者たちの話も照合したのちに、すでに解放している」

「そうですか……」

ナシバたちは無事らしいとわかって、シリンは深く息を吐いた。

「まっすぐに戻っていれば、もう家に帰り着いていることだろうが、バティルの者は矢で射られたお前の容態を気にかけていた。もしかしたら、まだ誰かディルバルに残って、お前を捜しているかもしれないな」

ともかく、明日の朝一番でディルバルの街とバティルの遊牧地に向けて使いの者を送り、シリンの安否をバティルの者に知らせようと玉瓏《ユーロン》は言ってくれた。

婚儀の前夜にあんなことになり、皆きっと心配しているはずだ。

「ありがとうございます、皇弟殿下」

せめて、自分が無事なことだけでも伝えたいと思っていたシリンは、ホッとして玉瓏《ユーロン》に礼を言った。

「殿下はやめてくれ。お前は元々、イズマハール草原を統べていた一族の長の子だと聞いたぞ」

それはアラゾフとの戦に敗れる、遥かずっと昔のことだ。しかし、シリンの複雑そうな表情には構わず、玉瓏《ユーロン》は告げた。

「お前のことは名で呼ぶ。だから、私のことも玉瓏《ユーロン》と呼んで構わない」

そう言ってから、彼はあの夜から今日までの出来事を話してくれた。

「アラゾフの者に娘を奪われた」「届け物に行ったあと娘が帰ってこない」という訴えは、時折あった。けれど、確たる証拠もなく、もちろんアラゾフのほうも濡れ衣だと憤慨する。

朱国側も手をこまねいていたとき、アラゾフが異国の人買いに娘たちを売り飛ばして荒稼ぎをしていることと、娘たちの隠し場所を密告する手紙が届いた。

警戒されないように調べを進め、確かな話だとわかって、踏み込むと決まったのが、ちょうどシリンがアラゾフの長の館に着いた、あの夜だったというわけらしい。

長の館に攻め込み、一族の中心人物を捕らえたあと、玉瓏《ユーロン》は矢を射た子供を確保させた。矢尻になんの毒が塗られていたかを吐かせ、毒に合わせた解毒薬を煎《せん》じさせなければ、シリンは助からないからだ。

しかし、ディルバルには多くの薬が揃っていたが、シリンに使われたのは、あろうことか非常に希少な朱国の山奥深くにしか生えない植物の根を煎じた毒だった。

おそらく、朱国の商人がディルバルで売った植物をアラゾフの誰かが買い、巡り巡って作られた毒が、朱国軍の討伐に怯えた誰かによって矢尻に塗られた。そして最悪なことに、あの子供がその矢を見つけ、射てしまったのだろう。

本来玉瓏《ユーロン》は、ディルバルに数日残り、アラゾフ討伐の事後処理をする予定だった。

だが、シリンの容態は悪化するばかりで、仕事が終わるまで様子を見ていれば命に関わるとわかった。

やむなく玉瓏《ユーロン》は討伐の翌日に急ぎ馬車を用立てさせ、信頼のおける部下に意識のないシリンを託して、先に朱国に向けて出発させた。馬車が発つと同時に、早馬の使いを朱国にやり、宮城付きの医師に解毒薬をこしらえてくれるよう頼んだ。

解毒薬はその薬師に持たせ、ディルバルに向かって発ち、間の街にある宿屋で待つよう命じてある。

そうして、一通り用を済ませてから、彼は病人を乗せて走る馬車を馬で追いかけた。

馬車に玉瓏《ユーロン》率いる一行が追いつくと、薬師と落ち合った宿屋を貸し切って、玉瓏《ユーロン》はシリンに解毒薬を与え続けた。

それが、彼の命を助ける唯一の方法だったのだ。

「解毒薬を与えたときは、毒矢で射られてからすでに五日近く経っていた。助かるかどうかの瀬戸際だった。助かって本当に良かった」

玉瓏《ユーロン》は淡々と言うが、自分は死ぬ運命にあったようだとわかり、シリンは驚いていた。

なぜ、そこまでして助けてくれたのだろうと不思議になる。

「毒が完全に抜けても、しばらくは無理をせず、養生していたほうがいい。そのうち、体が完全に癒えれば、バティル族の遊牧地まで送っていってやりたいが……どうした？」

シリンが思わずうつむくと、玉瓏《ユーロン》が不思議そうに訊ねてくる。

戻れるものなら一族の元に戻りたいけれど、それはできない。

シリンが悩んでいると、玉瓏《ユーロン》がそっと訊《き》いてきた。

「もしや、戻れない事情があるのか？」

やむをえず、シリンはこくりと頷く。

――一族を出て嫁ぐときに、誓いを立ててきたこと。

その誓いはぜったいで、たとえ結婚が破談になろうとも二度とバティルには戻れないのだということを説明する。

しかも、アラゾフの長の家に朱国の兵士が攻め入ったことがわかれば、おそらくバティルの者は安全を期して移動するはずだ。この季節、どの辺りにいるかだいたいの予想はつくものの、もし、彼らが身を隠そうとしたなら、広大な草原の中で見つけ出すのは相当困難だろうと思う。

そうか、と静かに言った彼は黙り込む。

これから、いったいどうしたらいいのだろう。自分は、羊や馬の世話しかしたことがない。

狩りをして、得た獲物を街で売れば、どうにか生きていけないことはないと思うが、それにはまず、最低限弓矢と剣、そして馬が必要だ。

無一文の上に丸腰では、狩りのための装備すらも揃えられない。

体調が戻っても、この宮城を出たところで、野垂れ死ぬしかない。

（下働きでいいから、必要なものを買えるだけの金貨が貯まるまでの間、この宮城のどこかで雇ってもらえないだろうか……）

どうにかしてディルバルの街まで戻ったとしても、この黄金の瞳を見れば狙われる可能性もある。

普通に働くのは、アルティングルの奇跡が根強く知られているあちらのほうが困難なはずだ。

一族のためならともかく、自分のためだけなら、意に染まない相手に囲われたり、奇跡を期待されたりするのはもうごめんだと思った。

（……朱国では、金の瞳はどのように扱われているのだろう）

せめて、忌避《きひ》されてさえいなければ、働き口も見つかるかもしれない。

シリンが内心で悩んでいると、胸の前で腕組みをし、思案顔をした玉瓏《ユーロン》は困ったように言った。

「金の瞳の花嫁の逸話は、我が朱国にも伝わっている。お前がその、奇跡を呼ぶといわれる花嫁で、バティルからアラゾフへ、無理に嫁がされたという話も」

アルティングルの奇跡が玉瓏《ユーロン》の耳に入っていたことに驚く。

「奇跡が嘘か誠かは知りようもないことだが、金の瞳であることを不安に思っているのならば、案ずる必要はない。我が国の帝家の者は、私のように赤い目の者が多い。皇帝である兄も同じ目の色だ。他にも、碧色《あおいろ》の目や、お前ほどではないが金色がかった目をした者もいるし、髪の色も赤や茶色の者はたまに見かける」

「そ、そうなのですか……？」

「ああ。どうも、ずっと昔にリューディア国と交流が多かった際に生まれた、あちらの国の血を引く者の名残《なごり》らしい。宮城には少ないが、そういった目や髪の色の者も街では見かけるので、我が国では、お前の目の色も決して異端扱いされることはない。安心してくれ」

そう言ってから、玉瓏《ユーロン》はシリンをじっと見た。

「どうして私を助けた？」

「え……」

「あの夜、子供の矢は私に向けられていたのだろう？　ちょうど、子供がいた小窓は私からは見えない場所だった。私と矢との間に飛び出しさえしなければ、お前が毒に苦しみ、死にかけることもなかったはずなのに」

一瞬答えに詰まったが、シリンは正直に自分がなぜ矢の前に飛び出したのかを打ち明けた。

「……あなたを助けようと考えて、動いたわけではありません。ただ、あの場で、もし朱国の皇弟殿下が射られたりしたら、大混乱に陥ったでしょう。おそらく、アラゾフの者も、僕も、一緒に来てくれたバティルの者も、全員が朱国の兵に捕らえられ、殺されたはずです。それに……」

あのときの光景を思い出しながら、シリンは続ける。

「矢を射たあの少年は、怯えていました。おそらく、自分の一族が何をしているかなどまったく知らなくて、家族を守らなければと、襲撃してきた悪者なのだと誤解して、あなたを狙っただけなのだと思います。あんな子供が断罪され、殺されるのは、あまりにも不憫《ふびん》です」

「そうか」と彼は頷いた。

「お前の判断は的確だ。私が何を言ったとしても、子供の手で軍師を矢で射られては、討伐の面目が立たない。確かに、私の部下は何がなんでもあの場の者全員を捕らえ、処罰せずにはいられなくなっただろう。お前の行動は、私だけではなく、アラゾフの罪のない子供や、お前の一族の者をも救った。無駄な殺傷を避けられて助かった」

姿勢を正して言われ、シリンは目を瞠《みは》った。

「シリン。礼を言う」

「いいえ、礼には及びません」

どぎまぎしながら言うと、玉瓏《ユーロン》は少し考えるように視線を彷徨《さまよ》わせる。ふいに決意した目でシリンの目をじっと見た。

「お前は私を毒矢から救ってくれた恩人だ。朱国の者は恩人には礼儀を尽くす。一族の元に戻れないなら、この宮城にいればいい」

「え……こ、ここに、いてもいいのですか？」

「ああ。じゅうぶんな衣食住を保証するから、好きなだけ滞在するがいい。それに、何か欲しいものがあればなんでも揃えよう」

何でも言ってくれ、と告げられ、あまりに太っ腹な申し出に、シリンは戸惑いながらも安堵した。とりあえず、路頭に迷って飢える心配はしなくてもよさそうだ。

「ずっとでなくていいのです、働けるようになるまで置いてもらって、それから、もしできれば、馬や弓を買えるようになるまで、居候《いそうろう》させてもらえたら」

「馬と弓が欲しいのか。それならばすぐに用意できるから、体調が回復した頃に商人を呼んで好きなものを選ばせよう。働く必要などない。銀子が欲しいのなら私が必要なだけ用立ててやるから」

当然の如《ごと》く言う玉瓏《ユーロン》に仰天するが、「恩人を働かせるわけもないだろう」と彼はむしろ不思議そうな顔だ。

もちろん、バティルでも恩は返すものだが、朱国皇弟のそれは限度がない。

――どうやら自分は、とんでもない相手に恩を売ってしまったようだと気づいて、シリンは困惑した。

ところで、ナフィーサというのは誰の名だ、と玉瓏《ユーロン》に訊かれて、思わず目を瞬かせる。

自分はこれまでの会話で、彼にその名を伝えただろうかと不思議に思っていると「毒に冒されて目覚めない間、お前が何度か呼んだ名前だ」と言われて驚いた。

それは可愛がっていた愛馬の名前だ。そう伝えると、玉瓏《ユーロン》は拍子抜けしたように「馬の名前か」となぜか苦笑いを浮かべた。

「この宮は、宮城の中にある私の住まいだ」

玉瓏《ユーロン》は連れてこられた朱国宮城の造りについて、ざっと説明してくれた。

朱国の宮城は広大な敷地の中に、宮城を中心にして左側に皇帝の宮、裏手に皇帝の宮と通路繋がった後宮、そして、宮城の右手にこの玉瓏《ユーロン》の宮がある。

それぞれが塀で区切られ、独立した建物なので、シリンも気兼ねなく暮らせるだろうと彼は言う。

玉瓏《ユーロン》の宮は、奥に彼の居室と書物庫に薬庫があり、その数部屋隣にシリンが寝かされていたこの部屋があるそうだ。

「私は主に、城にある執務室か広間にいる。それ以外のときは、薬庫で仕事をしていることもある。だいたい毎日、城で雑務をこなしてから城の薬庫に行き、貴族やその家族、軍の者を診《み》て薬を処方する。昼間は留守にしていることが多いが……その間、ここには数人の使用人と、それから玉祥《ユーシャン》、先ほどの子供がいる」

先ほど目覚めるまでシリンのそばに付き添い、白湯を持ってきてくれた少年のことを思い出す。

「玉祥《ユーシャン》は現皇帝の五番目の息子で、私にとっては甥にあたる。母親が使用人だったため、周囲から期待を得られず、二年前に母が亡くなると、後ろ盾になってくれる者もいなくて、後宮に居場所がなくなってしまった。寂しそうにしていたので、兄から許可をもらい、その翌年からこの宮に住まわせることにしたのだが、勉強だけしていればいいと言っているのに、なんとか役に立とうと使用人のような真似をする。真面目ないい子だが、ここには話し相手になれるような年頃の者がいない。何か言ってきたら、少しでいいから相手をしてやってもらえると助かる。ああ、敬う態度を取られると恐縮してしまうので、皇子だからと気負わず、できるだけ普通の子供として接してやってくれ」

玉祥《ユーシャン》の複雑な身の上を聞いて、胸が痛む。自分でよければ、いくらでも相手をしてやりたいと思い、シリンははいと頷く。

「それから、お前の体が本調子になるまでは、念のため、静《ジン》も置いていく。静は私の側近の軍人だ。何かあったら彼に言ってくれ」

はい、とまたシリンは頷いた。

まだ夢の中にいるようで、少しぼうっとしていると、彼がそっと手を伸ばしてきた。

シリンの首筋に触れる玉瓏《ユーロン》の手の甲は、少しひんやりとして感じられる。

「少し熱いな……長く話してしまったから疲れたのだろう。私はもう戻るから、横になれ」

「まだ、大丈夫です」

「無理をするな。ぼんやりしているではないか」

そう言われて、背中に挟んでいた座布団を抜かれ、背を支えられてゆっくりと寝台に横たえられる。

細く見えるが、彼の腕はシリンをたやすく支える。

子供のように布団を胸元までかけられ、髪を撫でられる。

彼が自然な様子で触れるので、シリンのほうも、不思議なくらいすんなりとされることを受け入れてしまう。

「玉瓏《ユーロン》さま……ありがとうございます」

先ほどまで、異国での寄る辺《よるべ》ない身の上を不安に思っていたのに、驚くほど誠実な玉瓏《ユーロン》のおかげで、なんの不安もなく養生することができそうだ。

「礼を言うのはこちらのほうだと言っているだろう？　まずは、何はともあれ体を癒せ」

おやすみ、と言って、彼が軽く額に触れる。

すうっと眠気が押し寄せ、シリンは心地のいい眠りに落ちていた。

＊

「シリン、お茶の時間ですよ」

毎日午後になると、そう言っていそいそとシリンの部屋に玉祥《ユーシャン》がやってくる。

「ありがとう、玉祥《ユーシャン》さま。あ、足元に気をつけて」

玉祥《ユーシャン》は盆の上に甘い菓子の皿と熱い茶をのせてとことこと入ってくる。心配で声をかけるが、慣れているようで彼は決して零《こぼ》しはしない。部屋の外で見守っていた世話係が、無事に運び終えるのを確認してから扉を閉めた。

勉学を教える教師が帰ると、これまでは一人でおやつを食べていたらしいが、シリンが居候するようになってから、こうして一緒にお茶を飲むようになった。

玉瓏《ユーロン》からも言われていたが、玉祥《ユーシャン》自身もシリンが敬語を使ったり頭を下げたりすると悲しそうな顔をするので、今では割り切って気安く会話をさせてもらっている。

「お体の具合はいかがですか？」

「ありがとう。もうだいぶいいんだ。でも、二週間も眠っていたせいで体力が落ちてしまっているみたい」

「じゃあ、お茶を飲み終わったら、いっしょにお庭を歩きましょう！」

ぼくが案内して差し上げます、と茶器を両手で持った彼はにこにこしている。

黒い髪を項のところで結び、行儀よく菓子を食べる様が微笑ましい。

自分の前では足を崩して、楽にして構わないよと言っているけれど、使用人に見られて叔父や父に伝わるのが怖いのだろうか、玉祥《ユーシャン》はきちんと座ったままだ。

小さな手と、ふっくらした子供らしい頬を見ていると、ナランを思い出して、シリンは切ない気持ちになった。

玉瓏《ユーロン》はシリンの無事を伝える使いを出してくれた。とはいえ、まだ一週間しか経っていないから、もうじきディルバルに着くといった頃だろう。

ルスタムたちが無事でいてくれるように。そして、草原に暮らす異母弟たちが元気にしているようにと祈るばかりだ。

五歳の玉祥《ユーシャン》は末子とはいえ皇帝の子だけあって、将来は官吏になるのか、勉強を叩き込まれている。かなり物知りで、遊牧民の暮らしに興味津々だ。

そして朱国に生まれ育った彼は、シリンが知らないこの国のことをあれこれと教えてくれるのでありがたい。

「玉瓏《ユーロン》さまは今日はお戻りにならないのかな」

たまに、お茶の時間に顔を出すことがあるので、扉のほうを見ながら訊ねる。

「玉瓏《ユーロン》叔父上は、父上のお体の具合が悪いとき、軍の将軍位を代わりに務められていて、あと薬師としてのお仕事もあるから、とってもお忙しいみたいです」

玉祥《ユーシャン》はしょんぼりしつつ答えた。

薬を処方した、という話は何度かしていたが、驚いたことに、玉瓏《ユーロン》は薬師でもあるらしい。

玉祥《ユーシャン》が言うには、皇帝と玉瓏《ユーロン》の母は前皇帝の正妃だったが、寵愛《ちようあい》を一身に受けたために他の妃に妬《ねた》まれ、毒殺された可能性が高いそうだ。それで、前皇帝は犯人らしき妃を処刑し、次の帝位に即《つ》いた長男は、争い事が起こらないようにすべての妃を大事にするようになった。

次男の玉瓏《ユーロン》は、医療と薬の勉学に没頭し、二十四歳の今も独身で愛妾の一人も作っていないらしい。

「おばあ様は……太陽のようにお綺麗で、とってもお優しい方だったそうです」

玉祥《ユーシャン》の話を聞いて、シリンは頷く。

「ぼくくらいのときにお母様を亡くされた父上と叔父上は、父母が同じ兄弟なので、とても強いきずなで結ばれています。父上は即位したあとも、叔父上のことはずっと信頼していて、軍の重要な人選を任せたり、あと自分がお飲みになる薬も、いつも叔父上に相談したりしてるみたいです。ぼくはもうしばらくお会いできていないんですけど……」

少し寂しそうに言う彼の頭を、シリンは撫でてやりたくなった。

妃たちには争いが起こらないよう、平等に愛するという皇帝は、あまり子煩悩ではないようだ。

特に、五番目の皇子であるこの玉祥《ユーシャン》には、ほとんど愛情を注いでいないのがわかる。

母は亡くなり、振り返ることのない父を慕っている玉祥《ユーシャン》が切ない。

しかし、気持ちを切り替えるようににっこりして、玉祥《ユーシャン》は言った。

「でも、この宮に来てからは、叔父上が、たまにお勉強を見てくださるし、できる限り一緒にごはんを食べてくれます！　最近は、シリンもお茶を飲んでくださるので、ぼく、とっても嬉しいです」

「それはよかった」と言うと、たまらなくなって、シリンはそっと彼の髪を撫でる。

一瞬ハッとして、玉祥《ユーシャン》の頬が赤くなる。皇帝の子供に対して、無礼だっただろうかと思ったが、玉祥《ユーシャン》はされるがままで、少しはにかんだように笑った。

あれこれと朱国や玉瓏《ユーロン》のことを聞いたあと、今度は訊かれるがまま、草原の暮らしについて話す。

「僕が育ってきた草原は、ここととはぜんぜん違う。いつも風が吹いていて、羊と土の匂いがして、夜はすごく冷え込むことが多い」

疫病に襲われて一族の多くが亡くなったり、家畜たちが死んで暮らしが立ちいかなくなりかけたりしたこともあった。飢えや死と背中合わせの話を聞くと、玉祥《ユーシャン》は神妙な顔になった。どうしてそんな大変なところで暮らすのか、と訊かれたので、シリンは多くの羊を飼うにはたくさんの草が必要で、それには広大な草原を移動しながら暮らすのが最適なのだという話をする。

もっと昔は、自然の驚異だけではなく、リューディアから来た荒民から略奪を受け、他部族との戦が続いた時代もあったので、今は落ち着いたほうだ。草原の平和は、主に二大国の皇帝たちが握っている――つまり、その半分は玉祥《ユーシャン》の父である朱国皇帝の肩にかかっているため、できる限り今の状況が続いてほしいと願っていることをシリンは話す。

厳しい生活なだけではないとわかってほしくて、草原に降る満天の星の美しさや、目に沁《し》みるような朝焼けの話もする。

そのときだけは、玉祥《ユーシャン》は子供らしく目をキラキラさせて熱心に聞き入った。

「ぼくも、羊の乳しぼりがしてみたいです！」

「そうか。宮城に羊っているのかな？」

できることなら教えてやりたいが、この立派な宮城に家畜がいるのかは謎だ。

玉祥《ユーシャン》によると、野菜は宮城内の菜園から収穫するけれど、羊や牛は見かけたことがないらしい。

「あと、草原で狩りもしてみたいし、馬でどこまでも駆けてみたいし、作りたてのチーズを食べたいです」

「そうだね……僕も、玉祥《ユーシャン》さまを連れていってあげたいよ」

玉瓏《ユーロン》も同行するならともかく、いくらなんでも異国の民が大国の皇子を連れて草原に行くなどということは許されないだろう。

それがわかっているのか、玉祥《ユーシャン》は一瞬しゅんとなった。

だが、彼は「大人になったら行けるかも」と気を取り直したように言う。

「それまでの間は、ぼくがシリンをこの国のいろんなところに連れて行ってあげますね！」

玉祥《ユーシャン》の優しい気持ちが嬉しかった。ナランと重なって、泣きそうになったがシリンは「うん、じゃあ楽しみにしている」と言って微笑んだ。

自分は体が癒えればここを出ていく身なので、確約はできない。けれど、いられる間はできるかぎり玉祥《ユーシャン》の話し相手をしてやりたいと思った。

旺盛な食欲でもぐもぐとお菓子を食べる玉祥《ユーシャン》を見ているだけでも癒される。

茶を飲み終わると、玉祥《ユーシャン》と手を繋ぎ、約束通り宮の外に出て散歩をした。

どれだけ体力が落ちているのか、少し長く歩くだけで、息切れを感じる。玉瓏《ユーロン》が気長に養生するようにと言ってくれて助かっているけれど、自分の体が思うようにならないのがこんなに辛いとは思わなかった。

玉瓏《ユーロン》の宮と庭だけでもかなりの広さがある。シリンの家は、移動式の天幕で、ある意味では草原全体が家のようなものだったが、掃除や維持の手間はこの建物のほうが計り知れないほど大変だろう。まだこの宮の塀の外に出たことはないけれど、宮城にある建物や城は相当広いのだろうなと想像すると、気が遠くなりそうだった。この宮には最低限の使用人しか出入りしないが、城や皇帝の宮には数えきれないほどの使用人がいるというのも納得だと思った。

美しく整えられた庭園には、風情のある池があり、あちこちに見知らぬ花が咲いている。見事に刈り込まれた生け垣の向こうを玉祥《ユーシャン》は指差す。

「奥の柵の中は、お薬になる草を育てているので、鍵がかかっているのです」

そう言われて、家ほどの広さがとられた立派な柵のほうを見る。周囲に白石を敷き詰めてあるのは、石の上を歩く物音で、盗難防止にするためだろう。

宮の建物の中に戻ると、時折通り過ぎる使用人たちは、玉祥《ユーシャン》とシリンに笑みを向けて会釈をしてくれる。

玉祥《ユーシャン》と別れて部屋に戻ると、歩いて少し疲れたので横になって休む。

夜は玉瓏《ユーロン》が早めに戻ってきて、玉祥《ユーシャン》と三人で食卓に着いた。

玉祥《ユーシャン》が嬉しそうに今日シリンから聞いた草原の話をして、散歩に出た話をするのを、玉瓏《ユーロン》が穏やかに頷いて聞いてやっている。

食事を終えて玉祥《ユーシャン》がおやすみなさいを言って部屋に戻る。

玉瓏《ユーロン》はシリンを部屋まで送ってくれてから、なぜか礼を言った。

「ありがとう。玉祥《ユーシャン》のあんな嬉しそうな顔を見たのは久し振りだ」

「い、いいえ、礼など不要です」

シリンは驚いて首を横に振った。

「私ももっと構ってやりたいのだが、時間が足りなくてな……お前がいてくれて、とても助かる。だが、体はまだ本調子ではないのだから、無理はしないように。あの子にも言っておくから」

「大丈夫です。僕も……玉祥《ユーシャン》さまがこの国のいろんなことを教えてくれるので、すごくありがたく思っています。茶を飲むのも、一人では寂しいですし……」

そう言うと、彼が表情を曇らせた。

「寂しいか」

「あ、あの……いえ、僕はもう大人なので、一人でも平気です」

失言してしまったと気づき、慌てて言う。

ふいに玉瓏《ユーロン》が手を伸ばしてきて、シリンの首筋に触れた。

「――熱はないな。明日の茶の時間には、私もご一緒しよう。玉祥《ユーシャン》が興奮していた草原の話を、私にも聞かせてくれ」

そう言われて、シリンはパッと顔をほころばせた。

「もちろん、喜んで」

気遣ってくれたのだとわかっているが、それでも彼と茶を飲めるのは嬉しかった。

使用人に頼んで、玉瓏《ユーロン》も同席すると伝えておこうと考えながら、にっこりして言う。すると、なぜか一瞬、玉瓏《ユーロン》が目を瞠る。

どうしたのかと思ったが、彼は口元を押さえて視線をそらしてしまう。

「……お前の笑顔は、初めて見た。やはり、ここに来て気を張っていたのだろうな」

そう言われて驚く。だが、確かに異国に連れてこられ、暮らしも風習も違う場所で粗相のないようにと少し緊張していたかもしれない。

「やっと、少しここでの暮らしに慣れてきたからかもしれません」

「そうか……いつも、そんなふうに笑っていられるようにしてやらねばな」

ぼそぼそと言う彼は、どうしてなのかまだシリンの顔を見ない。

ふと見ると、玉瓏《ユーロン》の耳と首筋が少し赤くなっているのに気づく。

もしかしたら、照れているのだろうかと思ったとき、「では、おやすみ」と言って、彼がシリンの手をそっと握った。

パッと離し、すぐに去っていく玉瓏《ユーロン》を、シリンは呆然と見送った。

＊

心地いい暮らしを送りながら、シリンは少しずつ体力を取り戻していった。

朱国の生活と、生まれて初めての定住に、最初は慣れなかったけれど、日々を送るごとにこの国の素晴らしさと、定住の快適さを実感する。

門の前に警備の兵士が立つ立派な屋敷の中では、獣の襲来に怯えることはない。

天気の変化が命に関わる草原での暮らしのように、常に空を見て、時間と天候の様子を確認する必要もない。

それどころか、飲みたいと思えばすぐに使用人が熱い茶を運んできてくれるし、空腹を覚える前に、食べきれないほどの食事が卓の上に並ぶ。

たまに土と草の香りのする風が恋しくなるけれど、体力が戻らない今の自分にとって、定住暮らしは最高だ。

こんな待遇は贅沢すぎると思うが、遊牧民としての日常はずいぶん過酷なものだったのだと、初めてシリンは気づかされた。

玉瓏《ユーロン》が忙しくない限り、玉瓏《ユーロン》と玉祥《ユーシャン》とシリンは、三人で朝と夜の食事をとる。

宮城での仕事が溜まっているらしく、夕食に玉瓏《ユーロン》が顔を出せるのは、二、三日に一度程度だ。

今日も、叔父と夕食がとれるのが嬉しいのか、玉祥《ユーシャン》が一生懸命に今日起きた出来事を話している。

それを微笑ましく聞きながら、シリンはふと窓のほうに目を向けた。

「――雨か」

酒の杯を手にした玉瓏《ユーロン》が言った。

「ええ、小雨のようですが」

シリンが答えると、立って窓のほうに歩いていった玉祥《ユーシャン》が困り顔になった。

「明日には上がってくれるでしょうか？」

おそらく、いつものように茶の時間のあと、シリンと庭を散歩したいと思っているのだろう、玉祥《ユーシャン》が心配そうに訊く。きっと上がるよ、というと、気を取り直したように笑顔になった。

朱国には、こうして時々雨が降る。そこここに川や井戸があり、水は豊富だ。

草原には雨は滅多に降らず、空気が乾燥している。

水は貴重なので、常に水筒を持ち歩き、残りを気にするのが常だった。

しかし、今では毎夜のように清潔な湯を浴び、飲み水の残りを気にすることもない。

まだここに来てほんのわずかしか経たないのに、次第に自分が朱国の暮らしに慣れていくのがわかって、少し怖くなる。

（これから、どうしたらいいんだろう……）

考えていると、食事を食べ終えた玉祥《ユーシャン》が、二人におやすみなさいの挨拶をして、部屋に戻っていく。

食器を下げに来た使用人が、玉瓏《ユーロン》の前に新たな酒の瓶を置くのを見て、自分もそろそろ部屋に戻らねばと思ったときだ。

「何か、悩みがあるのか」

ふいに、玉瓏《ユーロン》からそう言われて、シリンは固まった。

「あるのなら、良ければ私に話してみないか」

優しく水を向けられて、答えに迷う。

「……少し、長くなるのですが」

「構わない。今日の仕事はすべて終わったし、お前の話を聞きたいと思っていたところだ」

鷹揚《おうよう》に言い、玉瓏《ユーロン》が促す。

シリンはたどたどしく、自分の心の中にあるこれからへの悩みを打ち明けた。

――幸運を呼ぶと言い伝えられてきたアルティングルの存在と、過去のアラゾフとの約束。

アルティングルであることを隠されたシリンは、街にも行けず目の色を見られないように育ってきたこと。

十四歳までは、生涯家族のために働くのだと思っていた。

その後、不運にも目の色を知られてしまい、アラゾフに嫁ぐ十六歳までの間は、アルティングルとして他部族に捧げられる運命を受け入れようと努めてきた。

そして十六歳になった今、なぜか自分は、朱国にいる。

しかも、平民の身には分不相応なほど贅沢な暮らしを送らせてもらえているのだ。

自らを取り巻く状況が刻々と激変して、気持ちがついていかない。

今後、体力を取り戻して、無事に馬や弓を手に入れても、バティルの一員に戻ることはできない。

たとえ買えるだけの金を貯めても、羊や馬を一人で飼うのは無理だろう。

「いつも、すべて周囲に決められてきました。選ぶ余地は一度もなかったんです。だから、情けないことに、これからどうしたらいいのか、よくわからなくて……」

静かに聞いていてくれた玉瓏《ユーロン》は、ゆったりとした様子で頷いた。

「ずいぶんと大変な思いをしてきたのだな」

しばらくの沈黙のあと、彼が口を開く。

「草原に帰りたいか」

訊かれて、シリンは悩んだ。

誓いを立てていなければ、迷わずに帰っただろう。だが、帰りたいかと訊かれると、どうしてか答えが出てこない。

「草原の暮らしは、確かに大変なのですが、街の暮らしでは得られない素晴らしいことも、たくさんあるのです」

少しずつ、半定住のように街の近くに家を持つ者が増え、遊牧民の人数は次第に減ってきている。バティル一族もいつかは羊を維持できなくなり、街に移り住むしかないのかもしれない。

それも自然の流れだと思うけれど、しかし、厳しい草原での暮らしには、そこでしか感じることのできないたくさんの宝物があった。

――漆黒の空に瞬く満天の星空、澄みきった早朝の空気、目に沁みるような夕焼けに、音もなく降り積もる雪の清廉な美しさ。

たどたどしく話すシリンの話を、玉瓏《ユーロン》は口を挟むことなくすべて聞いてくれる。

彼と話しているのに、同時に自分の心の中を覗き込んでいるかのような、不思議な気持ちになった。

「……金の瞳に生まれたことで、ずいぶんと運命に翻弄《ほんろう》されてきたようだ。しかし、お前は、嫁ぐと同時にアラゾフが討伐されたことで、幸か不幸か、今、自由の身になった」

「自由……」

玉瓏《ユーロン》の言葉に、頭がぼうっとする。

「そうだ。将来を選べず、一族のために生きる未来でも、アラゾフに閉じ込められて暮らす未来でもない。自分の本当に望む未来を選べる。どこでどう暮らしたいのか、何をしたいのか、時間はたっぷりあるのだから、急ぐ必要はない」

自由など、考えたこともなかった。

何をしてもいいと言われても、どうしたらいいのか。

悩みを打ち明けたくせに、与えられた彼の言葉に戸惑っていると、玉瓏《ユーロン》がふと微笑んだ。

卓を挟んで手を伸ばし、そっと髪を撫でられる。されるがままでいると、彼は子供に言い聞かせるように言った。

「これも何かの縁だ。私はお前が決めた未来を尊重する。したいことがあるのなら、力の及ぶ限り支援しよう」

「ありがとうございます、玉瓏《ユーロン》さま……」

彼の優しさが身に沁みた。

これまで、将来のことは何一つ自分の自由にならないのが当たり前だった。

仕事は親から引き継いだものを、手に入るものを食べ、寒さには必死で耐えた。

結婚相手も定められた相手で——そうするのが当たり前だと思ってきたからだ。

果てが見えないほど広い草原で暮らしてきたけれど、シリンの心は箱庭の中に閉じ込められていた。

その箱庭から外に出た今、唐突に自由な道が開けた。選択を尊重すると言われ、思ったように生きるなど考えたこともなかったシリンは、生まれて初めて、自らがこれからどうしたいのかを考え始めた。

「いつまででもここにいていい。なんならずっとでも構わない。だから、時間をかけて、ゆっくり考えるがいい」

シリンはぎこちなく頷く。

自由すぎてどうしていいかわからないだなんて、贅沢な悩みなのに、玉瓏《ユーロン》は少しも怒らずに話を聞いてくれた。

非道な軍師だと噂されていたが、そんな話とはまったく違う。

彼はとても人間ができている。

玉瓏《ユーロン》に救われ、彼の宮に置いてもらえて、自分は幸運だったのだと、シリンはしみじみ思った。

＊

しばらくして、ディルバルに配属していた玉瓏《ユーロン》の部下の一部が朱国に戻ると、現在の状況がわかった。

「売られる前だった娘たちはかなりの人数を解放することができた。人身売買に関わっていたアラゾフの人間もほぼ捕らえた。しかし、一人だけ消息が不明な者がいて、捜索を続けている」

売買の相手は、どうやら北西の大国リューディアの商人らしい。草原に住む珍しい民を捕らえて、性奴隷にして売る予定だったようだ。

相手の詳しい情報や、売り買いについてはまだ口を割らない者がほとんどだが、必ず白状させると玉瓏《ユーロン》は断言してくれて、シリンはホッとした。

アラゾフ一族の中でも、悪事を知らなかった者は、これまで通りの暮らしに戻ったはずだという。側仕えの女性や、幼い子供たちのことを思い出す。彼らや彼らの親たちが、どうか裏の家業に手を染めていないようにと祈った。

そうして、穏やかだった毎日が、にわかに動き出したのは、シリンが朱国に滞在して三か月ほどが経った頃のことだった。

午後の茶の時間のあと、いつものようにシリンは玉祥《ユーシャン》と庭を散歩する。

宮の建物に戻ったところへ、ちょうど入り口から出てこようとしていた玉瓏《ユーロン》と出くわした。

「叔父上、お帰りなさいませ！」

「お前たち、庭にいたのか」

二人を見て、なぜかホッとした顔で玉瓏《ユーロン》は息を吐く。

「はい、今日も散歩をしてきました！」

「今日はお早いのですね」

そう言いながら、玉祥《ユーシャン》とシリンが嬉しくなって顔を合わせると、玉瓏《ユーロン》はかすかに表情を強張らせた。

「ああ、緊急の用で戻ったんだ」

そう言うと、彼はシリンの手を取る。

「玉祥《ユーシャン》、すまないが、大切な話があるからシリンを借りるぞ」

「は、はい！」

きょとんとしたまま、玉祥《ユーシャン》が頷く。玉祥《ユーシャン》の世話係が奥から出てくる。

玉瓏《ユーロン》に手を引かれ、わけがわからないまま、シリンは彼の部屋へと連れていかれた。

扉を閉めた玉瓏《ユーロン》に、急いで問いかける。

「どうかなさったのですか？」

いつも落ち着いている彼がこんなに慌てるのは珍しい。

眉根を寄せた玉瓏《ユーロン》が、困惑顔で答えた。

「困ったことになった。なるべく、知られないようにと気を配ってきたのだが……とうとう、お前の金色の瞳と容貌が、皇帝陛下に伝わってしまったようだ」

ともかく説明すると言って、玉瓏《ユーロン》はシリンを部屋の奥に導き、卓を挟んで向かい合わせに座った。


彼の話によると、アラゾフの討伐から戻ったとき、毒矢から救ってくれた者を連れ帰って、自分の宮に住まわせるという話は、皇帝にも報告していたそうだ。

身元に関しては、まだ結婚式が行われていなかったので、アラゾフの者ではなく、遊牧民であるバティル一族の者だと伝えてある。

皇帝はシリンの滞在には鷹揚に許可を出し、恩に報いるようにと言ってくれたらしい。

しかし――玉瓏《ユーロン》の宮に出入りする使用人たちの口から、居候の遊牧民が珍しい金色の目に淡い茶色の髪をした美貌の青年だと聞かされると、皇帝は強い興味を抱いた。

先ほど、宮城の書庫で昔の薬草について調べていた玉瓏《ユーロン》のところに、皇帝の使いの者がやってきて、シリンについて、詳しい話を聞きたいと言ってきたそうだ。

「……皇帝陛下は、政《まつりごと》に関しては、冷静沈着なお方だ。しかし、我が兄ながら、美しいものに目がなく、あちこちから集めた者たちで、後宮には現在、百人以上もの妃や愛妾がいる。おそらく、今夜の夕食に私を呼んだのは、お前に会うため、場を設けろと言いたいからだろう。もし会えば、間違いなく、兄上はお前を後宮に入れたがるはずだ」

「ですが……もうたくさんのお妃様たちがいらっしゃるのに」

「兄には関係ない。それに、その程度の妃たちに多少贅沢暮らしをさせるくらい、兄の財産ならば容易いことだ」

「でも、僕は男の身です」

リシャドに嫁いだときは、アルティングルとしてで、ある意味特別な結婚だった。

それ以外のときは、基本的に街でも草原でも、結婚は異性同士でする。

心配はいらないのではないかと思って言うと、玉瓏《ユーロン》は皮肉な笑みを浮かべた。

「我が国では、同性も異性も関係なく恋をする」

「え……っ」

「子を産めるのは女だけだが、結婚は同性同士でも許される。だから、兄の後宮には、男の妃や愛妾もいる。つまり、お前を後宮に入れるのに何も支障はないということだ」

そんな、とシリンは青くなった。

そこまで聞いて、ようやく、玉瓏《ユーロン》が慌てていた理由が理解できた。

「今夜の夕食の場で、もし兄から『お前を後宮に入れたい』と明確に言われたら、断るのは難しくなる。だから、その前に手を打つ必要があるんだ。まず聞くが、お前は招かれたら、兄の後宮に入りたいか？」

「失礼ながら、入りたくありません」

百人の妃たちの末席に着いて、一人の皇帝のものになるなんて、考えただけで嫌だと思った。

「我が兄は、決して悪い人ではない。妃たちにも、できる限り平等に愛情を注ぐよう気を配っておられる。この宮にいるより贅沢な暮らしができるだろう。それでもか」

シリンははっきりと頷いた。

一瞬、朱国を出たほうがいいのだろうかと考えた。玉瓏《ユーロン》に頼めば、急いで旅支度を整えてくれるかもしれない。けれど、普通に動けるようになったとはいえ、まだ疲れやすく、完全に元通りではない。毒のせいなのか、二週間の昏睡《こんすい》のせいなのかは不明だ。

おそらく、今の状況で朱国を出てディルバルに着いても、生計を立てられる算段もなく、野垂れ死にすることになる可能性が高いと冷静に思う。

「言っておくが、ちゃんと私が考えているから、後宮入りを回避するためにここから逃げ出そうなどという無謀なことは考えないでほしい」

鋭い玉瓏《ユーロン》に驚きつつ、シリンは正直に言った。

「実は今、少しだけそのことを考えましたが……それは無謀だと、僕も思います」

闇雲に逃げ出すのは危険だ。今の状況で朱国を出るのは最後の手段にしたい。

そう言うと、どこか安堵したみたいに玉瓏《ユーロン》が頷く。

「兄からの招きだが、角を立てずに断る方法が、一つだけある」

「そ、それは、どんなことなのですか？」

急いで訊ねると、玉瓏《ユーロン》はじっとシリンの目を見据えた。

「すでに、他の男のものである、と伝えることだ」

他の男のもの――。

シリンが戸惑っていると、玉瓏《ユーロン》が続けた。

「お前とアラゾフの長の三男との結婚は、完了していない。お前は未婚の身だ。そして今、こうして私の宮に滞在している。自然な相手は、玉祥《ユーシャン》か私だが、玉祥《ユーシャン》は幼すぎる。つまり、すでにお前は私のものである、と言えば、兄も無理強いはできないはずだ」

「で、でも、そんな偽りを言っては、のちのち玉瓏《ユーロン》さまがお困りになるのでは？」

「何も困らない。私は独身だし、婚約者もいない。手を付けている相手もいないから、お前が困ることもない」

彼は立ち上がると、卓を迂回《うかい》してシリンのそばまでやってくる。

玉瓏《ユーロン》はその場に片膝を突き、シリンの手を取ると、真剣な目をして言った。

「シリン。お前をここに連れてきたのは、私の勝手だ。やっと自由になれた恩人のお前を、また我が国の後宮という、複雑な場所に巻き込みたくない。表向きだけでいい。正妃として迎えてもいいし、お前が面倒に思うなら愛妾でもいい。なんでも構わないから、ともかく私のものになってくれ」

「な、なります」

迷う間もなく、シリンは答えた。

「……今、なりますと言ったか？」

目を瞬かせて、玉瓏《ユーロン》は確認する。

「はい。本当に、玉瓏《ユーロン》さまに迷惑をかけずに済むのであれば、どうか僕を、あなたの愛妾にしてください」

逆に頼む。すんなりシリンが応じたことに驚いたのか、玉瓏《ユーロン》は何度も頷く。

正妃は嫌か、と訊ねられて、やはり偽るなら正式な妻になるのは問題がある気がして、「できれば、愛妾のほうがいいです」と答える。

なぜか少々落胆したような表情で、だが、玉瓏《ユーロン》は握っていたシリンの手にきゅっと力を込めた。

「では、今、この瞬間からお前は私のものだ。他の相手と親密になってはいけない」

シリンは頷く。

「今夜の夕食の席で、兄にお前の話を出されたら、お前はすでに私の愛妾であると伝える。そうだな、討伐に入った場で、一目見て気に入り、怪我をしたお前を連れ帰ってきたことにしよう。もし、誰かから何か聞かれたときは、そのような心積もりでいてくれ」

はい、と言うと、ようやく彼は安堵の表情を浮かべてシリンの手を離した。

「叔父上は、何かお困り事でもあったのですか？」

玉祥《ユーシャン》が心配そうに訊いてくる。

夕食は、玉瓏《ユーロン》が皇帝に誘われているので、今夜は玉祥《ユーシャン》とシリンの二人だけだ。

「大丈夫だよ、その……僕は、皇帝陛下にご挨拶せずに玉瓏《ユーロン》さまの宮に世話になってしまったからね。玉瓏《ユーロン》さまが、ちゃんと話を通してくださるみたい。心配いらないよ」

そう言うと、頷くけれど、玉祥《ユーシャン》はまだどこか心配顔だ。

本当に大丈夫だよ、と言っても、あまり元気がないように見えて、シリンは気になった。

食事を終えると、玉祥《ユーシャン》がぽつりと言った。

「シリンのお加減は、もうよくなりましたか？」

「うん。毎日玉祥《ユーシャン》さまが散歩に付き合ってくれているから、だんだん体力も戻ってきた気がするよ」

そう言うと、やっと、彼はホッとしたように頬を緩めた。

「ずっと、『大丈夫よ』と言い続けて、ある日母上は亡くなってしまわれたのです。だから、どこかお辛いところがあったら、どうか隠さずに教えてくださいね」

「そうだったのか……」

まだ子供の玉祥《ユーシャン》が味わった悲しみを思い、シリンは胸が痛くなった。

それから、何か具合の悪いところがあったら必ず玉祥《ユーシャン》にも伝えるし、良くなるように努める、と誓った。

せっかく玉瓏《ユーロン》が戻ってきたのに自分と話しただけで宮城に戻ってしまった。玉祥《ユーシャン》は寂しかったかもしれないと思い、何かしたいことはないかと訊ねると、彼は使用人に頼んで囲碁盤を持ってこさせた。

シリンは初めてだったので、約束事を教えてもらう。

二回対戦したが、玉祥《ユーシャン》はとても強くて、手加減してもらってもシリンは一度も勝てなかった。

「叔父上にコツを教わったのです」と自慢げな玉祥《ユーシャン》が可愛くて、また明日も対戦しようと約束した。


それぞれが部屋に戻り、シリンが湯浴みを済ませてあとは眠るだけになった頃、部屋の扉が小さく叩かれた。

「――シリン？　まだ起きていたら、開けても良いか」

「今、開けます」

急いで立ち上がり、慌てて扉を開ける。

「玉瓏《ユーロン》さま、お帰りなさいませ」

「ああ、ただいま」

官服のままの玉瓏《ユーロン》は、シリンの顔を見るとホッとしたように表情を緩めた。

「夕食をとりながら、昼間話した通りのことを、皇帝陛下に説明してきたんだが……すまない。実は、少々厄介なことになってしまった」

「やはり、僕は後宮に入らねばならないのですか？」

腹を決めつつも訊ねると「いや、それは回避できたと思う」という答えが返ってくる。

安堵するとともに、厄介なこととはいったいなんなのだろうと考えていると、玉瓏《ユーロン》は言い辛そうに続けた。

「これまで、結婚どころか一人の恋人すらも作らずに来た私が、突然お前を愛妾にしたと言い出したものだから、少々真偽を疑われたようだ……兄は、私がお前の後宮入りを回避するために愛妾だと偽装していることに気づいたのだろう。つまり、真にお前が私のものであることを証明しろ、と言われてしまったんだ」

「証明、ですか……どうしたらいいのでしょう」

シリンが困惑して問いかけると、玉瓏《ユーロン》はなぜか言葉に詰まった。

「体調はどうだ？」

「ずいぶんいいです。もう痺れもほとんどありませんし、普通に暮らすにはなんの問題もありません」

玉祥《ユーシャン》と同じことを訊くのだな、と思いながら、シリンは微笑んで答えた。

そうか、と言い、彼はすでに夜着を着ているシリンの頬に触れる。

「湯浴みはしたのか」

「はい」

「では、私も湯を浴びてくる。手早く済ませてもう一度来るから、すまないが、起きて待っていてもらえないだろうか」

「わ、わかりました」

真実の愛妾である証明と、湯浴みがどう繋がるのかは謎だが、シリンは頷いた。


玉瓏《ユーロン》は本当に急いだらしく、小半刻《三十分ほど》も経たずに再びシリンの部屋にやってきた。

「すまない、待たせたな」

いいえ、と言ったとき、彼が閉めた扉の向こうで、人が動く気配がするのを感じた。

シリンが怪訝そうな表情になったことに気づいたのか、玉瓏《ユーロン》は「通路にいる者たちについてはこれから説明する」と言う。

(通路にいる者「たち」……?)

わからないことだらけで、シリンは頭の中が混乱するのを感じた。

こちらへ、と言われて扉からもっとも離れた窓のほうに促される。

少し距離を開け、二人は窓辺に腰を下ろす。

よほど急いだのか、夜着を纏った玉瓏《ユーロン》の髪はまだ少し濡れている。

「風邪をひいてしまいます」と言い、シリンは棚から綿布を取って差し出す。礼を言って髪を拭いながら、彼は口を開いた。

「先ほどの話だが、簡単に言うと……愛妾だと証明するというのは、つまり……」

潜めた声で言い、一瞬、躊躇うように彼は口籠もる。

だが、玉瓏《ユーロン》は決意をしたように続けた。

「私とお前の睦《むつ》み合いの際に、人を立ち合わせなくてはならなくなった」

「人を……、え、え⁉」

思わず声を上げてしまう。

玉瓏《ユーロン》の口から出た「睦み合い」という言葉にどぎまぎしたのも束の間、とんでもない話だと気づき、シリンは驚愕した。

すると、玉瓏《ユーロン》は小声のまま、急いで付け加える。

「立ち合わせるといっても、もちろん、寝台に入れるわけではない。寝台に入り、天蓋《てんがい》の布を引けば、我々の姿は見えない。何をしているかも。その状況で、この部屋に二人、証人となる者が入り、隣の部屋にある寝台で確かに我々が真に愛し合う関係であるということを、音で確認するというわけだ」

玉瓏《ユーロン》によると、本来これは、皇帝が妃たちと子作りをする際、妃が孕んだのが本当に皇帝の子であるという証明のために行われることらしい。

だが、シリンの相手は皇帝ではないし、そもそも男なので孕むこともない。

だから、皇帝が二人が真に愛し合っていることを証明せよというのは、弟をからかいつつ、興味を抱いたシリンを手に入れられないことへ意趣返しなのではないか、と彼はため息を吐きながら言った。

「無理強いはしたくない。お前が嫌ならば、他の方法を考えよう。しかし、私の愛妾だと伝えたことで、兄は余計にお前に興味を持ってしまったようだ。早急に有効な手立てを打たないと、真偽を疑われたらまずい。兄は同母から生まれた実弟の私には、一定の配慮をしてくれる。別に私からお前を無理に奪おうと思っているわけではないのだと思う。どちらかというと、恋愛ごとに無骨な弟が、本当に愛妾を作ったことを確認したいだけなのだろう。彼はこういうのを面白がるところがあるんだ」

玉瓏《ユーロン》は苦い顔で言う。

「だから、うかうかしていたらどんな手段に出てくるかが気がかりなんだが……」

「で、では、いたしましょう」

シリンはすっくと立ち上がった。

「外にいる方をここにお入れすればいいのですね?」

「あ、ああ……いや、待ってくれ。本当に、いいのか?」

頷くと、シリンは声を潜めて言った。

「その……寝台の中で、愛し合っている、『ふり』をすればいいのでしょう? それで後宮入りを回避できるのなら、やります」

通路にいる者に聞こえないよう、ひそひそと言う。

自分の決意が伝わったのか、玉瓏《ユーロン》が驚いた顔になって頷いた。

通路にいる者に声をかけてこようかと思っていると、立ち上がった玉瓏《ユーロン》が身を屈め、シリンの背中と膝裏に手を回して素早く抱き上げる。

驚いたが、玉瓏《ユーロン》がじっと見つめてきて、今から『皇弟の愛妾』としての芝居をしなくてはならないのだと気づいた。

シリンを横抱きにした玉瓏《ユーロン》は、すでに芝居は始まっていると目で告げると、そのまま部屋の入り口に近づく。

「中に入って構わない。扉を閉めたら、灯《あか》りを消してくれ」

通路の外にいる者たちにそう声をかけると、彼は居間の続き部屋の寝室に向かった。

天蓋付きの立派な寝台にシリンを下ろすと、彼は寝台のそばにある腰ほどの高さの卓に置かれた行灯《あんどん》に火を灯す。

かすかな物音がして、隣の部屋に誰かが入ってくるのわかった。

寝台に入った玉瓏《ユーロン》が天蓋の布を引くと同時に、フッと隣の部屋の明かりが消えた。

与えられた客間の豪華な寝台は、二人で横になってもじゅうぶんな広さがある。

しかし、布で覆われた中、玉瓏《ユーロン》と二人きりになってみると、にわかに緊張が走った。

（ど、どうすれば……？）

困りきったシリンが目だけで彼に訊ねると、玉瓏《ユーロン》がそっと顔を近づけ、耳元で囁いた。

「私が衣擦れの音を立てる。お前は、それらしく声を出してくれればいい」

「そ、それらしく、とは……？」

「睦み合っているような声だ」

驚愕するような指示を出されて、シリンは頭がくらくらするのを感じた。

玉瓏《ユーロン》が布団を捲り、自らの夜着と擦り合わせる。

なるほど、これなら脱いだり、脱がせたりしているような物音に聞こえるだろう。

「シリン、声を」

「わ、わかりません」

泣きたいような気持ちで、シリンは言う。

手を止めた玉瓏《ユーロン》が、驚いたような顔でこちらを見る。シリンはうつむいた。

「無茶を言わないでください……」

「大声でなくて構わない。少々声を上げてくれれば……」

「それがわからない、と言っているのです」

声を抑え、必死に訴えると、やっと合点がいったというように、玉瓏《ユーロン》は頷いた。

「そうか……初めてなのだな」

そう言われて、頬が赤くなるのを感じる。玉瓏《ユーロン》は布団から手を離して、こちらに手を伸ばしてきた。

「すまない。お前がこの芝居にあっさりと応じてくれたから、経験があるのかと思った」

シリンの頬に触れた彼が、頤《おとがい》に手を滑らせ、ゆっくりと仰のかせる。

布越しの行灯の灯りだけに照らされた寝台の中は薄暗い。

そんな中で、玉瓏《ユーロン》の赤い目がじっとシリンを見つめてくる。

「こんなことになって、すまない。私の手落ちだ。お前を兄の手から守るためには、こうするしかない」

謝らないでほしかった。これは自分を救うためのことで、皇弟である彼は、本来なら、異国の遊牧民が一人後宮に連れ去られようとも、目をつぶるものだろう。

しかし、彼は心苦しさを滲《にじ》ませた表情で、シリンのために手を尽くそうとしてくれている。

玉瓏《ユーロン》がシリンの手を取り、指先にそっと唇を触れさせた。

「……お前を汚《けが》すような真似はしないと誓う。だから、どうか、私に任せてくれるか?」

シリンはぎくしゃくと頷いた。

いい子だ、と囁き、玉瓏《ユーロン》がシリンの背に腕を回して、ゆっくりと寝かせる。

寝台に背を預けたシリンは、緊張のあまり、目を見開いて彼を見つめる。

頭の両側に手を突いた玉瓏《ユーロン》が覆いかぶさってきて、耳元に軽く息を吹き込まれ、思わず「あっ」と声を上げた。

「その調子だ。感じるまま、声を出してくれ」

口の端を上げた彼が耳殻《じかく》に唇を触れさせ、耳朶《じだ》にも口付ける。

そんなところに唇で触れられたのは、当然初めてのことで、くすぐったい。

肩を竦めて堪えていると、ふいに耳朶を食まれて、ちゅっと軽く吸われ「ひゃっ!」と変な声が漏れてしまった。

それでいいというように密かにシリンの頭を撫で、もういっぽうの手で彼は寝台の上に預けていたシリンの手を握る。

手を絡めて握られると、彼の手が自分の手よりずっと大きいことに気づく。

温かくて、少し硬い手のひらは、剣を使う者の手だ。

そんなことを考えているうち、唇はシリンの首筋に触れ、軽く啄《ついば》むようにしながら、鎖骨まで下りていく。

少し身を起こした彼が、夜着越しのシリンの体側を、脇腹から腰までそっと撫で下ろした。

「……っ」

「声を殺してはいけない」

思わず、手で唇を押さえると、困ったように笑った彼に窘められる。

慌てて手を離したシリンに、「お前に喘ぎ声を出してもらうのは、なかなか難しいことのようだ」と玉瓏《ユーロン》は呟く。彼はシリンの右手を摑むと、自らの髪を結っていた紐《ひも》を解き、寝台の柱と合わせて軽く結ぶ。

頭の上に伸ばしたかたちで右手を動かせなくなってしまったことに驚くが、彼の目的は理解できる。

「痛くはないだろう？　すまないな。手早く済ませるから、ひとしきり、事が済んだように思わせられるまでの間、こうしていてくれ」

シリンが頷くのを見てから、彼はシリンの髪を撫で、今度は胸元を撫でた。

薄い夜着越しの胸を大きな手が探るように撫でる。乳首の位置を擦られて、体がびくっとなる。

「あ……っ、やっ」

玉瓏《ユーロン》は身悶《みもだ》えるシリンの反応を見ながら、擦るようにそこを何度も撫でて、あろうことか布越しに摘まみさえする。

信じ難い場所への刺激に、痛いようなくすぐったいような感覚がびりびりと駆け抜け、どうしても声が抑えられない。

「ここがそんなにいいか？　可愛いシリン、私のために、もっと啼《な》いてくれ」

聞き耳を立てているであろう証人たちに敢えて聞かせるためだろう、玉瓏《ユーロン》が殊更に甘やかすような声で言う。

「玉瓏《ユーロン》さま……」

自分も芝居をしなくては、と思ったが、自然と零れたのは、驚くほど甘い、ねだるような声だった。

それを聞くと、玉瓏《ユーロン》は「もっとか」と言い、シリンの胸元に顔を伏せる。解いた彼の髪が首筋にさらりとかかる。

「あ……」

驚いたことに、布越しの乳首を舐《な》められ、彼の唾液で濡れたそこを、甘噛みされる。

「ひゃ……っ、あ……、ん、あ、ぁあっ！」

唇に挟んで、じゅくじゅくと音がするほど吸い舐《ねぶ》られる。声を出させるために、やむを得ずしているのだろう。自分がうまく淫らな声を作ることができなかったから、彼はこうするしかなかったのだ。

よくわかっているけれど、甘美な痛み交じりの初めての刺激に動揺し、シリンは背を仰《の》け反《ぞ》らせた。

「あ、あ……んっ」

優しく擦られ、歯を立てられてびくびくと身を震わせる。

散々シリンを喘がせてから、彼はやっと胸元から唇を離して、顔を上げた。

しっとりと濡れた胸元は、気持ちが悪いはずなのに、体は熱く火照《ほて》っている。

潤んだ目で見上げると、彼が自らの袖の中に手を入れ、小瓶のようなものを取り出した。

「……すぐ終わる。もう少しだけ、我慢してくれ」

シリンにしか聞こえないよう、耳元で囁くと、玉瓏《ユーロン》はその小瓶の中のものを手に受けて、それをなぜか、シリンの自由なほうの手首に塗り込む。

ふわりと甘く上品な香りがして、香油のようだとわかった。

何をするのかと見つめていると、玉瓏《ユーロン》は香油を塗ったシリンの手首を手で掴み、ゆっくりと擦り始める。

くちゅくちゅと香油を捏《こ》ねるような音がして、ハッとする。

閨《ねや》にいる二人が、交接をしていると思わせるための音を立てているのだと気づき、顔が真っ赤になるのを感じた。

シリンの手首を擦りながら、彼が指先に口付け、そっと関節を甘噛みする。

「……っ、ん、ぅ」

ぶるっと身を震わせ、シリンは必死で声を堪えずにいるよう心掛けた。

玉瓏《ユーロン》はもはや何も指示はせず、ただ淫らな音を立てながら、ねっとりとシリンの指を舐め回し

てくる。

「は……、あ、はぁ……っ」

整いすぎている彼の容貌に、長い髪がかかる。

妖艶にすら見える玉瓏《ユーロン》の赤い瞳が、熱っぽい色を帯びてシリンを射貫く。

普段、乱れた服装をすることなど決してない彼の夜着の胸元が開き、頬が紅潮している。

玉瓏《ユーロン》は、かたちのいいその唇から舌を出し、まるで好物でも味わうかのように、シリンの指を舐め続けているのだ。

たまらない刺激に、性的な経験のまったくないシリンは、もはや耐えきれなくなってしまった。

「玉瓏《ユーロン》、さま……」

泣きたい気持ちで、縋るように彼の名を呼ぶ。

「どうした……、辛いか?」

甘やかすように訊かれて、こくこくと何度も頷いた。

「も、もう……、どうか、お許しを……」

必死に乞《こ》うと、玉瓏《ユーロン》がわかった、と囁いて、なぜかいっそう激しくシリンの手首を擦り立て始める。同時に、咥内《こうない》にある指をねっとりとしゃぶられ、じゅ、じゅっと音を立てて強く吸われる。

もう終わりにしてくれるのかと思ったのに、逆の行動に出られて、シリンは動揺した。

「あ、あぁ……、いや……っ」

ただ指先を咥えてきつく吸われただけなのに、体に強い痺れが走る。

彼が覆いかぶさっている下腹部が燃えるように熱くてもどかしい。

「玉瓏《ユーロン》さま……」

喘ぐように許しを乞う。目が合い、シリンはぶるっと身震いした。類い稀な美貌を苦しげに歪めた玉瓏《ユーロン》の赤い目が、食い入るようにこちらを射貫いている。

——今の自分は、彼の目にどんなふうに映っているのだろう。片方の手を縛られ、もう片方の手を香油塗れにされて指を舐められながら、身悶えている。よりによって、玉瓏《ユーロン》の前でこんな恥ずかしい醜態を晒《さら》してしまうなんて。

「愛しいシリン……私は、お前に溺《おぼ》れそうだ」

辛さを堪えるような、潜めた甘い声で名を呼ばれ、ぞくぞくっと背筋に疼《うず》きが走る。

これは、証人に聞かせるものなのに、最愛の愛妾を愛でるふりをする玉瓏《ユーロン》の視線と熱に犯され、シリンは全身が痺れたようになった。

「あっ、あ、ぁっ！」

やや強めに指の間に歯を立てられて、雷に打たれたような衝撃で下腹が濡れる。ぎゅっと手を握られて、見知らぬ快感に混乱しながら、シリンは意識が遠のくのを感じた。

＊

二度、日が昇って沈み、また夜が明けても、シリンの気持ちは沈んだままだった。

何をしていても、玉瓏《ユーロン》とのことが頭に思い浮かんで、ため息を吐いてしまう。

二日前の夜、皇帝からの後宮入りの誘いを回避するため、シリンは玉瓏《ユーロン》の愛妾となった。

もちろん、それは表向きだけの話だ。

しかし、本当に二人が深い関係にあるのかを疑った皇帝が証人を寄越し、二人は彼らに自分たちの関係を信じ込ませるため、寝台の中で睦み合っている「ふり」をする――はずだった。

しかし、性的な経験のないシリンはうまく演技をすることができず、やむを得ずに玉瓏《ユーロン》はシリンに触れて、声を出させた。

初めて人に性的な意図をもって触れられ、あまりの刺激に、シリンは意識を飛ばしてしまった。

次に気づいたときには、シリンは乱れた夜着を脱がされていて、玉瓏《ユーロン》が湿らせた布で手や体の汚れを拭き清めてくれるところで、仰天した。

「先ほど証人たちは下がっていったようだ。彼らはしっかりと皇帝に我々の関係を証明してくれるだろう。よく頑張ってくれたな」と言われ、後宮入りを回避できたらしいことに安堵した。

しかし、それはさておき――愛妾のふりをすると、あまり深く考える間もなく決断してしまったシリンは、その夜起きた出来事に内心で混乱していた。

巧みな玉瓏《ユーロン》の手で、演技などではなく熱が上がり、甘い喘ぎを漏らした。

口付けすらもしていないのに、どうしていいのかわからないほど体が熱くなった。

熱に翻弄され、ふっと気づいたときには、シリンの体はぐっしょりと汗に塗れ、下衣までもが濡れていた。

直接そこに触れられてもいないのに、達してしまったのだと気づき、絶望的なまでの羞恥に襲われた。

我に返ると、丁寧に体を拭いてくれようとする彼を慌てて断り、使用人に湯を頼んだ。

体を綺麗にしても、疲れているのにその日は眠れず、翌日から、シリンは玉瓏《ユーロン》の顔をまともに見ることができなくなってしまった。


朝食の際も、夕食に三人が揃ったときも、どうしても態度がぎこちなくなってしまう。

玉祥《ユーシャン》もすぐに気づき、どうしてなのか、彼は切実な顔で玉瓏《ユーロン》に頼んだ。

「叔父上、どうしてシリンを愛妾などにしたのですか」

訪れる者が話せばすぐにわかることなので、玉瓏《ユーロン》は玉祥《ユーシャン》にも表向き、シリンを愛妾にした、ということを説明していた。

そのせいか、玉祥《ユーシャン》はどうやら、シリンの態度がおかしいのは、玉瓏《ユーロン》の正妃ではなく、愛妾として迎えられたからだと考えたらしい。

「シリンは優しくて、綺麗で、いろんなことを教えてくれます。愛妾なんてかわいそうです」

どうか、正妃にしてあげてください！　と必死で頼む玉祥《ユーシャン》に、玉瓏《ユーロン》もシリンも呆気にとられてしまった。

「ち、違うんだよ、玉祥《ユーシャン》さま」

正妃になれなかったことが落ち込んでいる理由ではないと慌てて説明したけれど、玉祥《ユーシャン》は納得しなかった。

玉瓏《ユーロン》は冷静で、正妃ではなく愛妾にしたのはシリン自身の希望だったが、よく話し合うから、と玉祥《ユーシャン》に言い、シリンを自らの居室に呼んだ。

羞恥のあまり、おかしな態度をとってしまった自分のせいで、玉祥《ユーシャン》に誤解をさせてしまった。怒られても当然だと思っていると、玉瓏《ユーロン》は予想外のことを言い出した。

「お前に避けられるのはこたえる。あの夜のことがそんなに嫌だったのなら、すまなかった。どんな詫びでもするから、どうか機嫌を直してくれ」

困惑しきった顔でそう言われて、シリンは仰天した。

慌てて、決して嫌だったわけではない。自分が痴態《ちたい》を晒したことが恥ずかしくて、玉瓏《ユーロン》にどう思われたかと落ち込んでいただけだということを説明する。

「僕……本当に気持ちがよくなって、演技どころではなくなってしまって……」

恥じ入ってうつむいていると、手を引かれて抱き寄せられ、驚いた。

「本当に、嫌ではなかったのか」

まだ少し信じられないというように確認されて、はっきりと頷く。

すると、玉瓏《ユーロン》は安堵の表情を浮かべた。

「そうなってくれるように私が触れたのだから、羞恥する必要などない。それに……戸惑って身を震わすお前は、とても可愛らしかった。途中で、演じているのを忘れそうになったのは、私も同じだ」

驚いて見上げると、玉瓏《ユーロン》は真剣な顔をしている。

彼が本当に感じてしまった自分に呆れていないとわかり、シリンはホッとした。

それから、玉瓏《ユーロン》は玉祥《ユーシャン》を呼び、「シリンと仲直りしたから安心してくれ」と説明した。

シリンが愛妾のままであることに玉祥《ユーシャン》は少々不満そうだったが、それでも、叔父と居候の二人がこれまで通りに話すのを見て、彼も安心したようだ。

「叔父上、シリンを大切にしてあげてください」と真面目な顔で頼む玉祥《ユーシャン》に、「もちろんだとも」と玉瓏《ユーロン》は頷いた。

仲のいい叔父と甥が微笑ましく、もう玉祥《ユーシャン》を心配させないようにしなくてはとシリンは心に誓った。

そうして、表向き玉瓏《ユーロン》の愛妾になったシリンは、ともかく、まずは体力を取り戻すことに専念した。

玉祥《ユーシャン》も協力してくれて、毬蹴りをしたりかくれんぼをしたりと、遊びつつ体を動かすことに努める。

夕食は、玉瓏《ユーロン》が不在の日は玉祥《ユーシャン》と二人で食べた。

玉祥《ユーシャン》は、叔父上の前ではどうにか頑張って食べている大嫌いな野菜を、シリンと二人のときだけは『今日は食べなくてもいいでしょうか？』と縋るような顔で訊ねてくる。こっそり甘えてくれるのが嬉しくて、いいよと彼の分まで食べて共犯になってしまう自分は、どうも子育てには向いていないようだと思う。

いっぽう、玉瓏《ユーロン》のほうはといえば、玉祥《ユーシャン》がその野菜が嫌いなことに気づいているようだが、安易には残すことを許さない。三人での夕食の際、食べたくないからだろう、玉祥《ユーシャン》が箸で野菜を細かく切って、なおも食べずに弄っていると「玉祥《ユーシャン》、食べ物で遊んではならない」と玉瓏《ユーロン》は厳しく戒める。そして、自分たちが食べる野菜は宮城に献上する農家が朝から晩まで汗水たらしながら育てたもので、皆が飢えずにいられるのは農民たちのおかげなのだということを懇々《こんこん》と話すのだ。

しかし、顔を顰めて一生懸命に玉祥《ユーシャン》が呑み込むのをハラハラしながら眺めるシリンは、ある日気づいてしまった。

立派な叔父の顔で幼い甥を導く玉瓏《ユーロン》自身は、もちろん好き嫌いなどしない。けれど、彼も玉祥《ユーシャン》と同じ野菜を食べるときは、密かに眉を顰めている、ということに。

おそらく、本当は玉祥《ユーシャン》と同じ野菜が苦手なのだろう。どのような好みであっても使用人に命じられる彼なのに、苦手なものを敢えて膳に並べさせているのは、おそらく玉祥《ユーシャン》に食べ物の大切さを理解させたいと思っているからではないだろうか。

他人のシリンが思う以上に、玉瓏《ユーロン》が甥の将来を考え、できうる限り正しく導こうと努めているとわかり、シリンは改めて、玉瓏《ユーロン》への尊敬の気持ちが湧いてくるのを感じた。

叔父と甥の二人は、生真面目なところがなんだか似ていて微笑ましい。

玉瓏《ユーロン》と『仲直り』をしたと玉祥《ユーシャン》に説明したあと、一つ大きな変化があった。

「とりあえずは兄にお前とのことを信じてもらえたようだが、その後、毎夜寝床を別にしていては、いつかは兄を騙《だま》したことがバレてしまうだろう」

そのためには、同じ寝床で休んでいたほうがいい。

そう言って、玉瓏《ユーロン》は眠るとき、シリンの部屋に来て一緒に休むようになった。もう睦み合いの芝居をする必要はないし、本当に同じ寝床で眠るだけだ。寝台は広いし、特に大きな問題はないはずなのに、彼が寝台に入ってくると、あの芝居をした夜のことを思い出して、シリンは胸がどきどきした。朝、玉瓏《ユーロン》よりも早く目覚めて、寝顔を見られるときには、間近にある目を閉じた白《はく》皙《せき》の美貌を息を詰めて見つめてしまう。

寝台をともにしているうち、一夜ごとに、次第に気心が知れてくる。深夜に気づくと、寝ぼけたのか玉瓏《ユーロン》に抱き寄せられている日もあって、そんなときは心臓が止まりそうになった。

大雨が降り、雷が鳴る夜に、玉祥《ユーシャン》が泣きべそをかきながら枕を抱えて部屋にやってきたときは、玉瓏《ユーロン》が「今夜だけだぞ?」と言い含めて、三人で並んで眠ったりもした。

ホッとした顔で布団にくるまり、翌朝恥ずかしそうな顔で目覚めた玉祥《ユーシャン》が可愛くて、ただ癒されるばかりだった。

彼らに世話をかけないようにならねばと、シリンはひたすら体力作りに励んだ。

そんな日々の努力の甲斐もあって、もうじきこの国に来て四か月が経つという頃には、夜明けから早朝まで草原で働き詰めだった頃と同じとはいかないまでも、シリンはかなり以前に近い体力を取り戻していた。

そんなある日の午後、使用人から「玉瓏《ユーロン》様がお呼びです」と告げられ、シリンは彼の宮の応接用の居室に赴いた。

室内に入ると、城から戻ったらしい玉瓏《ユーロン》と数人の男たちがいる。官服でも軍服でもない襦裙《きもの》を着た男たちは、持参したらしい箱の中から剣と弓を取り出し、次々に部屋の中に並べていくところだった。

「体力が戻ったら用立てる約束だっただろう？　宮城に武器を納めている商人に持ってきてもらった。どれでも好きなものを選べ」

玉瓏《ユーロン》はどうやらシリンとした約束を覚えていてくれたらしい。

太っ腹な言い分で促されて恐縮したが、正直、武器を手に入れられるのは嬉しかった。

品を並べていく商人たちと離れた場所で、こっそり「本当に、どれでもいいのですか？」と訊く。すると、「もちろんだ。どれだけでもいいぞ。ここにあるものすべてでも構わないし、特別な好みがあるのなら、少々時間はかかるが一から誂《あつら》えさせることもできる」と平然として言われて驚いた。

大国の皇弟である彼の懐具合はシリンには想像しようもないが、「いえ、この中から選ばせてもらえるだけでありがたいです」と言い、急いで並べられたものを眺めた。

いくつか手に取ってみて、感触を確かめ、扱いやすそうな長剣を一本と、常時身に着けておけそうな短剣を選び出す。

弓は、試し打ちをさせてくれるというので、商人と三人で庭に出た。

打つ前にふと思い立ち、しばし考えたあと、シリンは玉瓏《ユーロン》に頼んだ。

「玉瓏《ユーロン》さま、どうか僕の剣と弓の腕を試してください」

「試す、とはどういうことだ？」

「もし僕の腕がお眼鏡に適《かな》うようでしたら、あなたの護衛の一人にしてはいただけませんか」

そう頼むと、玉瓏《ユーロン》は眉を顰めた。

「何を言う。私はお前にそんなことをさせるつもりはないぞ」

「ですが、危険があると聞きました」

「ああ……静が言ったのか？」

あいつめ、余計なことをと彼は苦い顔になる。

シリンは、先日、玉瓏《ユーロン》の帰りが遅かった日に、宮城の広間で抜刀沙汰《ばっとうざた》が起きたという話を聞いた。

皇帝はまだじゅうぶんに若いが、帝位に即いたあとの興味は色事に向いていて、多くの実務が弟の玉瓏《ユーロン》の手に任されているようだ。

貴族の中にはそれを良くは思わない者もいて、冷静な玉瓏《ユーロン》にあれこれと難癖をつけて皇帝の摂政のような立場から彼を引きずり降ろそうと、日々策を練っているらしい。

その日は、ささいな言い争いから高齢の貴族が激昂《げっこう》し、あろうことか、玉瓏《ユーロン》の前で剣を抜いたそうだ。

当然、その貴族は処罰され、城への出入りを禁じられて、今は謹慎中だ。だが、古い貴族たちの中には、昔から優遇されてきた彼らの特権を少しずつ減らし、広く平民に配分して国民全体を富ませようと努める玉瓏《ユーロン》の考えを疎ましく思う者も多いらしい。皇帝も玉瓏《ユーロン》の考えを支持している状況が余計に火に油を注ぎ、表でも裏でも彼は命を狙われることがあるのだと聞いて、シリンは青褪めた。

——玉瓏《ユーロン》を守りたい。

彼は自分を恩人だと言うけれど、シリンにとっては、彼のほうこそが恩人だった。

毒矢の前に飛び出したのは自分の勝手なのに、玉瓏《ユーロン》は貴重な解毒薬を与え、体が回復するまでゆっくりと客人扱いで養生させてくれた。今、自分が生きているのは彼のおかげだと思うと、シリンはこの恩をどうにか返さねばと切実に感じた。

「城に出入りするようになれば、皇帝陛下と顔を合わせる機会は避けられない。いったんはお前への興味を抑え込めたのに、また火を点けてしまうかもしれない」

「その際は、極力、気づかれないように気をつけますが、あなたの無事には代えられません」

シリンがきっぱり言うと、玉瓏《ユーロン》は戸惑った表情になった。

「兄が本気になれば、お前を無理にでも後宮に入れることなどわけはない。自分自身より、私のことを優先するなど……」

しばらく揉《も》めた末に、静が声をかけてきた。

「——ならば、お望み通りに弓比べをしてはいかがでしょう。私がお相手をします」

彼はいつも、玉瓏《ユーロン》の影のように付き添っている。剣も弓も、静の腕前は側近の中では随一だと聞いた。

「私は玉瓏《ユーロン》様のおそばにいられないこともあります。その際に、誰かをつけてもらえるなら安心です」

自分がいない時に、気心が知れていて、腕の立つ者がそばに付き従うのはいいことだ、と静は言う。

「ただし、本当に腕が立つのであれば、ですが」

静はちらりとシリンを見る。挑発するような物言いに面食らうが、このくらいのことで怒るほど、シリンは血気盛んなたちではない。

そもそも、自然と動物を相手にする遊牧民の暮らしは、気長でなくてはとてもやっていけない。いなくなった仔馬を捜して半日走り回ったり、料理を煮込むために交代で何時間も鍋の前に座っていたりと、何事にもとにかく時間がかかり、人間の思い通りにはならないことも多い。

もし争いが起き、誰かが怪我をすれば、肩にかかる仕事が一人分増える。だから無駄な争いを避け、皆で支え合って生きるしかないのだ。

自分を怒らせるのは容易なことではない、と知らせるように、シリンは微笑んで頷いた。

「どうぞ、お好きなやり方で試してください」

では弓矢の勝負をいたしましょう、と静が言った。玉瓏《ユーロン》は困惑顔だ。

「シリン、静は私の部下の中でも一番の弓の使い手だぞ……本当にいいのか？」

「構いません」

三本、的の中心に当てたほうが勝ちと決め、使用人を呼び、庭の端に丸い的を立てさせる。

まず、静が射た矢が命中した。

次に、シリンが射た矢も命中する。

二人とも当て続け、結局どちらも三本とも命中させてしまった。

「すごーい！」

声のほうを見ると、窓から覗き見ていたらしい玉祥《ユーシャン》が、目を輝かせてぱちぱちと拍手をしている。

一生懸命シリンに向けて手を振ってくれるので、思わず笑顔になって振り返す。そろそろ玉祥《ユーシャン》も剣や弓を学ぶ頃だろうから、彼が望むなら教えてやりたいと思った。

教師が来ている時間だぞというように、ちらりと玉瓏《ユーロン》に見られて、玉祥《ユーシャン》は慌てて頭を部屋の中に引っ込める。

「勝負がつきませんな。ならば、私と同じ程度の腕前ということで、シリンは護衛に相応しいということでしょう」

「いや、だが静」

「ありがとうございます、静どの！　玉瓏《ユーロン》さまも」

シリンは二人に礼を言う。

断れなくなり、やや不満そうな玉瓏《ユーロン》ににっこりと笑う。

「いや……やはり、駄目だ」

「玉瓏《ユーロン》さま⁉」

唐突にそう言い出した玉瓏《ユーロン》に、シリンは愕然とする
「護衛をつけるならば、別の者を選出する。いくら腕が立つとわかっても、シリンは駄目だ」

静は「私はシリンを適任だと思いますが」と言ってくれたが、玉瓏《ユーロン》は考えを変えそうにはない。

「すまないな。私は城に戻る。静、商人に支払いをしておいてくれ」

「玉瓏《ユーロン》さま、お待ちください！」

どこか後ろめたそうに、一瞬だけシリンに目を向けると、「また、夜にでも話そう」と言い置いて、玉瓏《ユーロン》が身を翻す。庭を門のほうへと向かう彼に、焦燥感が湧いた。

危険が迫っているといっても、結局玉瓏《ユーロン》はこうして静を置いていってしまう。自分が護衛となることを許してくれれば、静が不在の穴を埋められる。常時誰かがついていれば、最悪何かあったときに助けを呼べる。腕が立つ者がそばにいると伝わるだけでも、狙われる危険は格段に減らすことができるはずだ。

一瞬悩んだあと、シリンはとっさに先ほど選び出したばかりの剣を摑み、鞘《さや》からすらりと引き抜く。

「シリン、何を⁉」

そのまま玉瓏《ユーロン》に駆け寄るシリンに気づき、静がハッとして声を上げた。

「玉瓏《ユーロン》さま！」

静の声に、門の手前にいた玉瓏《ユーロン》が振り返る。剣を振り被ったシリンに気づいた彼は、素早く腰に帯びた自らの剣に手をかけた。攻撃を防ぐ彼の剣と、振り下ろされたシリンの新しい剣がぶつかり、金属音が響く。すぐに体勢を整えた玉瓏《ユーロン》が、一歩踏み込んで剣を打ち込んでくる。

「いったい、どういうつもりだ？」

忌々《いまいま》しげに呟く彼の、体に響くような重い一撃に唇を噛む。あっという間に、今度はシリンが防戦に回らされた。激しい打ち合いが続き、手加減をする余裕などいっさいない。彼の剣を全力で受け止めながらも押されていき、シリンは必死に攻撃の機会を狙った。

「――そこまでにしてくださいませんか」

やや呆れたような声が飛んできて、シリンはハッとして振り返る。剣を抜いた静が、シリンのほうに切っ先を向けている。

静の剣の腕前がどうであっても、玉瓏《ユーロン》の相手だけでせいいっぱいだったシリンは勝てないだろう。「参りました」といさぎよく負けを認め、シリンはその場に膝を突く。

「シリンが玉瓏《ユーロン》さまを狙って得をすることなど何もない。意図があるのでしょう？」

静かに促されて、シリンは頷く。

「……玉瓏《ユーロン》さまに、わかってほしかったのです。暗殺者はどこから来るかわからないことと、僕があなたのお役に立てるということを。ですが、まさか、こんなにも歯が立たないなんて……恥ずかしい限りです」

シリンとしては、玉瓏《ユーロン》を剣で捻じ伏せ、もしくは最低でも互角に戦って、自分の腕前をわかってもらえたらそれでよかった。

しかし、完敗してしまっては意味がない。

玉瓏《ユーロン》の剣の腕前が完全に格上であるとわかり、狼でも盗賊でも決して怯《ひる》んだことはなく、戦えば勝つだけの自信があったシリンは、項垂《うなだ》れた。これだけの腕前を誇るなら、彼が護衛をつけなくともうろうろできる理由もわかる。

やれやれというように玉瓏《ユーロン》が剣を鞘に収める。

「なんと命知らずな奴だ。私に憤って剣を抜いた貴族は、兄が激怒したためしばらく蟄居《ちっきょ》の身だ。戻ってこられるかもわからないというのに」

シリンがしょんぼりしていると、ふいに目の前に玉瓏《ユーロン》が片方の膝を突いた。

「……お前の気持ちは、わかった。静がいないときは、護衛として同行を許す」

「え……」

「だが、今日のような無茶は二度としないと誓え」

シリンは目を輝かせて、こくこくと頷く。

フッと玉瓏《ユーロン》が微笑む。

「お前には負けた……命知らずなところが恐ろしいが、剣も弓も腕前は確かなようだ。この宮にとどまっているだけでは退屈だろうし、玉祥《ユーシャン》が寂しがらない程度に働いてくれ」

「は、はいっ！　ありがとうございます、玉瓏《ユーロン》さま」

シリンは礼を言い、歓喜に頬を紅潮させた。

一時は無理かもしれないと思ったけれど、望み通り彼の護衛となることを許された。少しでも玉瓏《ユーロン》の力にならなくてはと、舞い上がりそうになる気持ちを引き締めた。


警護の兵士用の服を着る必要があるので、実際に付き従うのは、それを用意してからになる。矢は軍の武器庫に大量にあるものを運ばせてくれるそうだ。

商人たちが帰り、静も下がる。

応接の間でしばし二人きりになると、玉瓏《ユーロン》はシリンのそばに座り、髪を撫でた。

「……お前には敵《かな》わないな」

苦笑して言う彼が、本当はシリンをこの宮から出したくないと思っていることは、日々伝わってくる。

「我《わ》が儘《まま》を言って、困らせてしまいましたか……？」

「いいや。私を気遣ってくれる気持ちゆえだ。謝る必要はない」

大切なものに触れるときの手つきで、髪を何度も撫でられる。

最後に、愛おしむように髪に口付けられた。

「お前の腕前は心配していない。ただ、できるだけ皇帝の目にはつかないほうがいい。そして、城では何が起こるかわからないから、じゅうぶんに自らの身の安全にも気を配ってくれ……お前は私の恩人なのだからな」

そう言われて、なぜか少しだけシリンの胸は痛んだ。

「ああ、それから、馬のほうはいい馬が来るあてがあるので、もう少し待ってくれるか」

もちろんですとシリンは頷く。

一族に向けて手紙は持っていってくれたし、すぐに発たなければならない理由もない。

「もうそろそろ、ディルバル方面に向かわせた使者も戻るはずだ。お前が無事でいると家族に伝わっているといいのだが」

城に戻ると言う彼は、今度は静を連れていってくれてホッとした。

バティルの名を聞くと、シリンの心にはマヤやナランの懐かしい顔が浮かんだ。草原を離れた日にマヤがくれて、それ以来ずっとお守り代わりにつけている腕輪を、無意識に撫でる。

腕輪に触れると、帰りたいけれど帰れない故郷の光景が脳裏を過った。

どうにかして生計を立てられるようになり、少しでも金を貯められれば、家族のところに送りたい。

そのためにも、まずは玉瓏《ユーロン》への恩義を返すのだ、とシリンは決意した。

そうして玉瓏《ユーロン》の側仕え兼護衛となることを許され、兵士の制服が用意されると、シリンは週に数回、静が不在の際に、玉瓏《ユーロン》について宮城や薬庫に赴くことになった。

玉瓏《ユーロン》は宮城での会合に参加し、城の執務室では貴族や軍から上がってくる報告を受けて様々な指示を出す。また、薬師として王族や貴族から相談を受け、親身になって相談に乗り、専門の医師に紹介したり、自ら薬を処方したりもしている。朱国での暗殺は、毒を使われることが多く、高貴な者ほど疑心暗鬼で信頼の置ける彼に薬を求めるようだ。

(この人……いったい、いつ休んでいるんだ……⁉)

毎日シリンたちと夕食をとれないのも納得の忙しさだ。それなのに、少しでも時間が空けば、彼は自分の宮に戻ってきて、玉祥《ユーシャン》の勉強を見てやったり、どうしているかとシリンの顔を見に来て、一緒に茶を飲んでから、また急いで城に戻ったりしている。

勤勉すぎる玉瓏《ユーロン》の驚愕な日常を知ると、シリンの中にある彼への尊敬の気持ちは、いっそう大きくなった。

それからというもの、ほんの少しでも彼の負担を減らせればと、シリンは気を配った。

護衛として玉瓏《ユーロン》の身の安全を守るのはもちろんのこと、彼が薬師として仕事をするとき、薬庫から薬を持ってくるのを手伝えるようにと、よく使う薬の場所を頭に叩き込んだ。とはいえ、皇弟として参加する会合や、執務室での仕事などは何も手伝えない。

シリンは住まいである宮の些末な仕事は、できるだけ玉瓏《ユーロン》に負担をかけず、使用人と自分たちで片付けるようにと心掛けた。

皇弟、玉瓏《ユーロン》の愛妾であるシリンが、腕を認められて彼の護衛となった話は、密かに軍の中に広まっているらしい。護衛の兵士と一緒になると、物珍しい視線のあとは、なぜか羨望《せんぼう》の目で見られる。玉瓏《ユーロン》に気に入られ、彼の宮に住む者は、玉祥《ユーシャン》以外には誰一人としていなかったらしい。これまで、宮の外の者とはほとんど交流がなかったシリンは、玉瓏《ユーロン》が城でも軍でも人々の尊敬を集め、今ではほとんど後宮に入り浸っている皇帝の代理として、すべてを統括していることを教えられ、驚きを感じた。

玉瓏《ユーロン》は仕事に関わる事柄は緻密に作業を進めさせているようだが、日常の些末なことにうるさい性格ではない。シリンに無理をしなくていいと気遣ってくれるけれど、したいということに関しては鷹揚に任せてくれている。

だからせめて、彼の宮にいるときは気遣いのできる愛妾でいるよう。そして、宮の外に出る時には、護衛として、彼の手足になれるようにと、シリンはせいいっぱいに努めることを決めた。

ある夜、シリンが日課の剣と弓の手入れをしているところへ、城から戻った玉瓏《ユーロン》がやってきた。

「……あっという間に見つかってしまったな」

玉瓏《ユーロン》は苦笑しながら、床に座っているシリンのそばに腰を下ろす。シリンは「護衛としてなら、なんとか隠せると思っていたのですが、やはり、甘かったようです」と言って項垂れた。

彼の護衛となってそろそろ一か月が経つ。今日の午前中は、静が軍の武器庫に行っているとのことだったので、その間、シリンは玉瓏《ユーロン》の警護についていた。

その際に、なんということか、遭遇しないようにと気をつけてきた皇帝と顔を合わせてしまったのだ。

城で玉瓏《ユーロン》が貴族たちとの会合を行っている間、扉の前に立ち、シリンは見張りをした。

皇帝は最近は後宮に入り浸りで、よほど重要な会合でない限り玉瓏《ユーロン》にすべてを任せ、のちほど報告を受けるのみで顔すら出さないと聞いていた。その日も不参加の予定だろうと聞いていたから、皇帝に会わないようにという警戒すらしていなかったのだ。

会合が始まってしばらくした頃、側仕えを二人連れた貴族らしき男性が会合の間にやってきた。

彼の顔を見て、一緒に立っていた兵士が、すぐさま片方の膝を突いた。シリンも彼に倣《なら》ったが、ただの貴族相手なら、膝を突く必要はないはずだ。もしや、と冷汗をかいて目を伏せたとき、やってきた男がふとシリンに目を止めた。

「――そなた、もしやシリンか?」

屈み込んで目を覗き込まれ、シリンは観念して「さようでございます。ご挨拶が遅れて申し訳ありません、皇帝陛下」と深々と頭を下げて挨拶した。

朱国皇帝である朱玉虎《シュユーフー》は、どこか上品な美しさのある弟、玉瓏《ユーロン》とは異なり、いかにも雄といった男らしい顔つきをした男性だった。

十代の頃はきっと綺麗な青年だったのだろう、今も整った顔立ちだが、おそらくは常に浴びるほど飲んでいるのであろう酒で顔が赤らんでいた。政務を弟に任せっきりでほとんど後宮から出てこないという色に溺れた暮らしぶりが、容貌を衰えさせているようだった。

「ふうむ……密かな評判は耳に入っていたが、確かになかなかの美貌だ」

会合のためにやってきたはずだろうに、玉虎《ユーフー》はシリンの顔をまじまじと眺めた。

「どうだ？　玉瓏《ユーロン》は真面目だが堅物だから、そなたを満足にもてなすことはできていないのではないか？　私の後宮に入れば、玉瓏《ユーロン》に囲われているよりもずっと、贅沢な暮らしをさせてやれるのだが」

シリンは「もったいないお言葉です」と冷静に返す。それから、もし皇帝に遭遇して、万が一直接誘われることがあったら言おうと決めていた説明を口にしたのだった。

会合が終わって出てきた玉瓏《ユーロン》に、皇帝に挨拶をしたことは伝えた。彼からは、『何か問題は』と訊かれたので、人の耳があるところだったので、何もございませんと答えるだけにとどめておいた。

「兄は『シリンは賢いな。余計に欲しくなった』と機嫌よく笑っていたぞ。どうやらもうすっかりお前の後宮入りは諦めたようだ。いったい、なんと言って兄からの誘いを断ったのだ？」

皇帝からすべてを聞いたわけではないらしく、玉瓏《ユーロン》は興味ありげな表情だ。

「特別なことではないのですが……」と言い置いてから、説明する。

あのときシリンは、『恐れながら、我がバティル一族には、一夫一婦のしきたりがあるのです』と皇帝に話した。だから、愛妾とはいえすでに玉瓏《ユーロン》のものである自分は、たとえ朱国皇帝であっても他の誰かと関係を結ぶことはできない。期限は、自分か、もしくは玉瓏《ユーロン》が死ぬまで。

――だから、この命のある限り、玉瓏《ユーロン》に尽くすと決めているのだ、と。

「そうか。『シリンは腹が据わっている。なぜあれを正妃にしない？』と言われて、いったい何があったのかと不思議だった。うまく切り抜けたな」

玉瓏《ユーロン》は安堵した様子だ。

シリンにしても、これでもうどこにいても、皇帝と遭遇しないようにと気を遣わずに済む。

皇帝は、すまなそうに、だがきっぱりと伝えたシリンの説明を聞き、楽しそうに大笑いしていた。政務にはあまり熱心ではない、色事好きの遊び人のようだが、それでも、玉瓏《ユーロン》が彼をいい人だと言うのもなんとなくわかる気がする。

後宮入りを断られたこと自体はちっとも怒っていないようだったし、性格的に、根に持たないたちなのかもしれない。

「これでもう、後宮入りに関しては心配いらないだろう。お前が角を立てずに断ってくれて助かったよ」

玉瓏《ユーロン》の言葉に、シリンもホッとして、磨き終えたところだった剣を鞘にしまう。

今日は何も起きなかったので、外で抜くことはなかったけれど、手入れは毎日欠かすことはない。

油や布を手早く片付けていると、玉瓏《ユーロン》がどこかしみじみとした様子で言った。

「ここのところ、お前は生き生きとしているな」

「そうでしょうか。何かすることがあるほうが気が楽だからかもしれません」

「仕事が好きなのか？」と訊かれる。少し考えてから、シリンは頷いた。

「ここは居心地のいいところですが、毎日部屋でぼんやりしているのは、なんだか落ち着かないのです」

シリンと同じように警護にあたる兵士たちからは、ディルバルの街や草原の暮らしのことをあれこれと訊かれて、警護の任務の支障にならない程度に少しだけ雑談をすることもある。ディルバルの市場には北西側の国から入ってきた珍しい食べ物や嗜好品も出回るので、朱国でも一度行ってみたいと興味を持つ者が多いらしい。

この国のほうがあらゆる意味でずっと豊かなので、ディルバルの街の話を聞かせてほしいと言われるのは、なんだか不思議な気持ちだった。

大国の宮城で働く者たちと関わりを持つのは非常に興味深い。草原生まれのシリンは、彼らの行動や考えを知ることに、新しい刺激を得ている。

今日、静と交代して玉瓏《ユーロン》の宮に戻ったあとは、玉祥《ユーシャン》と一緒に昼食をとった。彼の教師が訪れると、使用人たちのところに行って、下働きの仕事を手伝った。薪割りなどの力仕事や、煤《すす》を払って火を熾《おこ》す汚れ仕事は、草原育ちのシリンにとってはお手の物だ。最初は『私たちが玉瓏《ユーロン》様に怒られます』と驚愕されて必死に断られてしまったが、秘密にしておくからやらせてほしいと頼むと、だんだん皆任せてくれるようになった。それと同時に、異国から来て、突然彼らの主人の愛妾の座に納まった、奇妙な存在だったシリンにも、少しずつ心を開いてくれるようになってきた気がする。

少し積極的に動いてみれば、ここでの穏やかな暮らしは、毎日が充実していてとても楽しい。

「さぼりたい、と思うならともかく、金を稼ぐ必要もないのに、働きたい、と言い出す者はあまりいないものだが」

「なまってしまった体を動かしたい、というのもあります。ですが、一番の願いは、少しでも何か、あなたのためになることをしたいのです」

シリンが正直に言うと、玉瓏《ユーロン》がかすかに目を見開いた。

「……いじらしいことを言う」

ふっと彼が頬を緩め、シリンのほうに手を伸ばしてきた。

「お前は素直だな。どうしても警護になると言い張られたときには、この頑固者めと思ったが……そんなことを言われると、なんでもしてやりたいし、すべて許してしまいそうになる」

「願いはもうすべて叶えてもらいましたから」

「いや、もっとだ」と言われて、頬を撫でられる。

彼が顔を寄せてくる。唇を重ねられるのかと思って、勝手にシリンの心臓の鼓動が跳ねる。

きゅっと目を閉じると、苦笑する気配がして、頬にそっと優しく唇が触れた。

「残念だが、もう同衾《どうきん》しているように見せかける必要はなくなった……おやすみ、シリン。いい夢を見てくれ」

帰っていく玉瓏《ユーロン》の背中を、呆然として見送る。

勝手な誤解をしてどぎまぎしたせいか、彼が口付けた頬がじんわりと熱い。

彼の宮で過ごすうち、物心ついてからずっと抱えてきた孤独や不安が、少しずつ薄くなっていくのを感じる。

初めて足を踏み入れた異国にいるというのに、玉瓏《ユーロン》があらゆる采配をしてくれたせいか、とても居心地がいい。まだ暮らし始めて間もないのに、いつの間にか、彼の宮は、自分にとってどこよりも安堵できる『家』のような場所になっている。

初めての穏やかな時間の中で、シリンはささやかな幸福を噛み締めていた。

＊

玉瓏《ユーロン》の護衛となって働き始めてから、二ケ月ほど経った頃。

「約束されていた馬の用意ができたとのことです」と静に言われ、シリンは玉瓏《ユーロン》が待っているという馬房に連れていかれた。

宮城の敷地内にある馬房は、帝家に出入りする者たちの立派な馬が休んでいる。

厩《うまや》番と話をしていた玉瓏《ユーロン》は、シリンたちが来たことに気づくと、口の端を上げた。

「あの馬だ」

どきどきしながら、引き出される馬を見つめているうち、シリンは目を瞬かせた。

奥から連れてこられた一頭の馬には、既視感だとは思えないほどに、はっきりと見覚えがあったからだ。

「ナフィーサ……？」

呆然と呟きながら近づく。まさか、そんな、と思ったが、その馬は、シリンを見てブルルッと鼻を鳴らして首を擦りつけてくる。

「やっぱり……ナフィーサ!!」

びっくりして思いきり首筋に抱きつく。

「僕のことがわかる？　ああ、会いたかったよ……」

懐かしい愛馬の感触に、涙が込み上げてくる。故郷に置いてきた馬に、再び会えるとは思っていなかった。

ひとしきり再会を喜んだあと、ハッとしてシリンは玉瓏《ユーロン》を振り返った。

「どうして、ナフィーサがここに？」

「――おれが連れてきたんだ」

そう言いながらこちらに近づいてきたのは、知っている者だ。

「ル、ルスタムじゃないか!?」

懐かしい幼馴染みの顔を見て、シリンは驚く。「ああ、久し振りだな」と言いながら、思いきりぎゅっと抱き締められて、その背を抱き返す。

玉瓏《ユーロン》が眉を顰めたのを見て、自分が表向き彼の愛妾であることを思い出す。シリンは慌ててルスタムから離れた。

「毒矢で射られたんだってな？　皆心配していたぞ。もう大丈夫なのか？」

「う、うん……心配かけて、ごめん」

彼は、まだ故郷にいるはずの愛馬と幼馴染みがこの朱国にいる状況が摑めずにいるシリンに、事と次第を説明してくれた。

シリンとともにディルバルを訪れたあと、朱国の討伐によって、彼らはいったんアラゾフの者たちとともにまとめて捕らえられた。

だが、アラゾフに使われる者の中でも、心ある使用人が「彼らは花嫁を送ってきたバティルの者で、犯罪とは無関係だ」と何人か口添えをしてくれたおかげで、すぐに解放されたそうだ。どうやら、朱国に人身売買に関して密告の手紙を送ったのは、良心の呵責《かしゃく》に耐えかねたアラゾフ内部の者だったようだ。

そのおかげでアラゾフの幹部は捕えられ、監禁されていた娘たちは無事に戻った。ルスタムたちはしばらくの間、行方のわからないシリンのことを皆で捜したが、二週間ほど経ってから、どうも花嫁はあの夜に重篤な怪我をして、朱国に運ばれたようだという事実がわかった。

それからも情報を集めたが、間もなく金貨が尽きて、売るものもなくなり、仕方なく四人は草原の遊牧地に帰るしかなかったのだという。

「それからしばらくして、街でバティルの者を探してる奴がいるっていうのは聞いてたんだ。だけど、アラゾフの誰かかもしれないしと思って、安全を確保するために皆様子を窺ってた。そうしたら、街から来た商人から、そいつが『あの夜の花嫁の安否を伝えたい』と言ってると聞いて、慌てて連絡をつけてもらったんだ」

そうして、再び訪れたディルバルの街で落ち合った者は、朱国からの使いだった。しかも皇弟の署名の入った手紙と、シリンが書いた手紙の二通を持っていた。

怪我をしたシリンが無事だと聞いて、ルスタムたちは安堵した。

使者に礼を言い、皆にシリンの無事を伝えて、誰かが迎えに行ってやらねばと思ったとき、「ナフィーサというのは誰か」と訊かれたのだそうだ。

シリンが可愛がっていた愛馬だと伝えると、使者は少々困惑した様子だったが、「シリン様がそのナフィーサに会いたがっている。できればその馬をもらい受け、シリン様の元へ連れていきたい」と申し出た。さらには、もちろん謝礼はすると言って、相場の十倍以上もの金貨を出してきたそうだ。

ルスタムは仰天し、自分だけでは判断できないと、ともかくいったん使者を連れて一族の元へ戻った。

長のナシバは使者を快く迎え入れ、怪我をしたシリンを助けてくれたことに礼を言い、彼の元にナフィーサを連れていくことにも同意した。

そして、シリンが戻りたければ連れて帰ってこられるようにと、朱国行きにルスタムが同行することになった、というわけだったらしい。

自分が朱国に行ってからの話を聞き、シリンはやや呆然としていた。

「そうだったんだ……」

略奪された娘たちが家に戻り、アラゾフの長たちが処罰されたのは本当に良かった。

その後、ルスタムたちが無事に草原に戻れたかは、ずっと気がかりだったので、こうして無事な様子を目にして、やっと心から安堵することができた。

ナフィーサを撫でながら、ふと玉瓏《ユーロン》のほうを振り返る。

毒のせいで目覚めないまま、ナフィーサの名を呼んだシリンのために、彼は一族の元から『ナフィーサ』を連れてこようとしてくれたのだ。

ナフィーサは、シリンが父とともに取り上げた馬だった。仔馬の頃から育て、毎日その背に乗せてもらって二人で羊を追い、草原を駆った。シリンにとって、親友とも兄弟ともいえるような、何にも代えがたい大切な相棒だ。大事だからこそ、アラゾフには連れていかずにバティルの皆のところに置いてきた。自分は無理でも、せめて愛馬だけは、生まれ育った草原で穏やかな一生を終えてほしいと願っていたからだ。

「玉瓏《ユーロン》さま……ナフィーサに会わせてくれて、ありがとうございます」

シリンが感謝の気持ちを込めて言うと、彼は「礼には及ばない。喜んでもらえたなら何よりだ」と言って、小さく笑った。

「積もる話もあるだろう。今日は静を連れていくから、こちらのことは気にしなくていい」

シリンにそう言ってから、彼はルスタムに目を向けた。

「ルスタムどのの世話係は、バティル行きの使者を務めた瑶《ヤオ》がする。宮城の客間を用意させるから、旅の疲れを癒して寛がれよ」

「お気遣いに感謝します」

ルスタムが礼を言う。

玉瓏《ユーロン》は立ち去り際、シリンを見ると、抑えた声で言った。

「……玉祥《ユーシャン》が心配するから、夕刻には戻ってやってくれるか」

「もちろんです。早めに戻りますね」とシリンが受け合うと、彼は小さく笑い、静とともにその場をあとにした。


「すげぇなあ、さすが大国の客間は格が違う」

案内の者に宮城の建物の一室にある客間に通されたルスタムは、口笛を吹いた。

旅の間一緒だった瑶の配下の者が部屋についてくれるそうなので、彼も安心だろう。

ナフィーサはとりあえず、宮城の馬房にいてもらっている。今日はゆっくりさせて、明日の朝にでもまた会いに行って、時間が許せば少し乗せてもらおうと思っていた。

二度と会えないと思っていた愛馬が、この朱国にいるなんて、夢のようだ。シリンは玉瓏《ユーロン》の気遣いに深く感謝した。

運ばれてきた茶を飲みながら、ルスタムから一族の近況を聞く。

「ナランは、お前が嫁いでから、しばらくは毎晩泣いてたし、自分もディルバルに行くって駄々を捏ねてたけど、だんだん状況を理解したみたいだ。最近は泣かなくなって、よくマヤの手伝いをしてるよ」

マヤや祖母、他の皆も、嫁入り前夜の出来事を聞いたときは驚いていたが、なんとか元気にやっているそうだ。

一時捕らえられていたらしく、しばらくの間行方不明だった近くの部族の娘も無事に戻ってきた話や、バティルの羊や馬たちの話などを聞き、日暮れが近づいてきたことに気づく。

「そろそろ皇弟殿下の宮に戻らなきゃ」

「お前はそこに住んでるのか？」

ルスタムの問いに、今は玉瓏《ユーロン》の宮に世話になり、彼が預かっている皇子の玉祥《ユーシャン》と三人で暮らしていることを話す。

「そうか。いい暮らしをさせてもらってて安心したよ。だが、ともかく人手が足りないから、急いで戻らなきゃな。しばらく住んでたんなら、別れの挨拶も必要だろう？　いつ頃なら発てそうだ？」

当然のようにそう言われて、シリンは驚いた。

「でも、僕はもう一族を出た身だから……」

誓いを立てたことを思い出して、暗い顔になると、ルスタムが笑った。

「大丈夫だ。だってお前とアラゾフの三男との結婚はまだ行われてなかった。嫁いでないわけだから、あの誓いだって効力なんかないさ。皆にシリンを連れて帰ってくると言ったんだ。安心していい、誰も反対する者なんていなかったぞ」

ルスタムとともに、バティルに帰る――。

諦めきっていた話に、シリンは混乱した。

答えを明言せずに、ともかくその日は玉瓏《ユーロン》の宮に戻った。

いつもなら急いで出迎えてくれる玉祥《ユーシャン》が出てこないことを不思議に思う。

すると、使用人が出てきて困り顔で言った。

「玉祥《ユーシャン》様は、今日のお昼過ぎから熱を出されていて、寝台でお休みなのです」

「熱が？」

シリンがすぐに部屋を訪ねると、寝台に横になった玉祥《ユーシャン》は、赤い顔でうとうとしていた。

医師はいらないと言ったそうだが、手で額に触れると、思っていたよりも熱くて心配になる。

「風邪を引いてしまったのかな……薬を煎じてもらって、それからお粥も作ってもらわなきゃ」

辛い？　と訊くと、玉祥《ユーシャン》はゆっくりと首を横に振る。

「シリンの手、つめたくて気持ちがいいです……」

辛くないはずがないのに、熱に浮かされながら微笑むのがいじらしい。

使用人に頼んで、急いで医師を呼んでもらう。念のため、城にいるはずの玉瓏《ユーロン》にも知らせを送ると、彼は驚くほどすぐに宮に戻ってきた。

「本当だ。少々熱が高いな。額を冷やさせよう。薬も持ってきたから、飲ませてやってくれ」

玉祥《ユーシャン》の額に触れ、脈をとってから、彼はシリンに頼む。

「叔父上、お仕事は……？」

「仕事はあとでもできる。お前のほうが優先だ」

うわごとのように訊く玉祥《ユーシャン》に、玉瓏《ユーロン》は当然のように言い、使用人が運んできた薄い粥を玉祥《ユーシャン》に食べさせる。

そのあと、シリンが指示された通り、煎じ薬を白湯に溶かしたものを渡すと、苦いのだろう、顔を顰めながらも玉祥《ユーシャン》は必死に飲み干した。

「朝までには熱は下がる。ゆっくり休むんだ」

玉祥《ユーシャン》はこくりと頷くと、おずおずとシリンのほうに手を伸ばしてきた。

「眠るまでそばにいようか？」

縋るような目で見られて、寂しいのかと思ってそう言うと、玉祥《ユーシャン》がうんと頷く。

「シリン……、帰ってしまうの……？」

眠る間際にそう訊かれる。

行かないで、というように悲しげな目で見られて、シリンは答えてやることができなかった。

夕刻にいったん宮に戻ってきたせいで、仕事が溜まってしまったのかもしれない。

その日、玉瓏《ユーロン》が宮に帰ってきたのは、夜半になってからだった。

使用人と交代で様子を見ていたシリンは、玉祥《ユーシャン》の部屋に来た玉瓏《ユーロン》に小声で説明する。

「熱は下がったみたいです。汗をかいていたので、一度使用人と着替えをさせましたが、それでも目覚めないぐらい、今はぐっすり眠っています」

「そうか……酷くならなくて良かった」

玉瓏《ユーロン》は玉祥《ユーシャン》の寝顔を見て安堵の表情を浮かべている。

使用人と見守りを交代して、そっと扉を閉める。

二人で通路を歩きながら、彼が言った。

「遅くまで大変だったろう。世話を任せてしまってすまなかったな」

「いいえ、僕も様子が気になったので……」

なんとなくだが、玉祥《ユーシャン》が熱を出したのは、自分が予告なく夕方まで留守にしてしまったせいのような気がしたのだ。

玉祥《ユーシャン》が気にするので、シリンはいつも警護の予定がわかれば彼にも伝えている。

一族の者が朱国にやってきた件と、彼と話をするから戻りは夕方になると、使いの者に伝言させたけれど、玉祥《ユーシャン》は突然のことを不安に思ったのではないか。

どんなにしっかりしていても、玉祥《ユーシャン》はまだたった五歳の子供なのだ。

(こんなことになるなら、玉瓏《ユーロン》さまに許可を願って、ルスタムにはこの宮に来てもらって話をすればよかった……)

きっと、玉祥《ユーシャン》ももう一人の遊牧民に興味津々で、いろいろと話を聞きたがっただろう。

玉祥《ユーシャン》に申し訳ない気持ちで歩いていると、シリンの部屋の前に着く。

なぜか玉瓏《ユーロン》も足を止めた。

「あの男とともに、帰りたいか?」

ふいに問いかけられて、しばらく黙ったあと、シリンは口を開いた。

「……自分でも、よくわからないんです」

最初は、帰ることは許されないと思っていた。

だから、帰りたいなどと思ってはいけない、と自分に言い聞かせ、草原を離れて、これから一人で生きていく方法を考えながら過ごしてきたのだ。

だからか、ルスタムが来てくれたのは嬉しかったけれど、突然、『帰ろう』と言われても、すぐには考えを切り替えられそうにない。

玉瓏《ユーロン》はシリンが続きを考えて口にするのを待っている。

悩んだ末に、自分の中にあるもやもやとした気持ちを打ち明けた。

「帰りたくないわけじゃないのです。外で暮らすとしても、一族のためにいくばくかの仕送りができる仕事ができたらと考えていましたし……ただ……戻ればまた、長の指示一つで、顔も知らない誰かと結婚しろと言われるでしょう。なんだか、そう思うと、帰りたいのかわからなくなって」

「政略結婚を嫌だと思うのは、当然のことだ」

玉瓏《ユーロン》が同意するように言ってくれてホッとした。

もちろん、帰りたくないわけではないという言葉も決して嘘ではなかった。だが、もしかしたら自分は、ここでの暮らしがあまりに心地がいいので、厳しい遊牧民暮らしに戻ることを躊躇っているのかもしれない、とも思う。

それは家族への裏切りのような気がして、やはり金銭を送ることよりも、自分自身がルスタムとともに帰り、家族のために働くべきかとシリンは悩んでいた。

ふいに玉瓏《ユーロン》がシリンの手を取った。

「戻らない選択をしたとしても、ここからでも仕送りはできる。もしどうしても家族が心配なら、我が国に呼んでもいい」

「え……」

驚いてシリンは彼を見上げる。

「お前の大切な家族だ、何不自由なく暮らせるよう、生活は私が保障する」

玉瓏《ユーロン》は真剣な顔をしている。

「だから……お前には、ここにいてほしい」

彼の言葉に、シリンは思わず息を呑んだ。

「帰したくない。どうか帰らないでくれ」

玉瓏《ユーロン》の言葉が、まっすぐにシリンの胸を貫く。じんと胸元が熱くなって、どうしようもない気持ちが込み上げた。

「はい」

シリンは震える声で、一言だけ答える。

「……それは、我が国で暮らしてくれる、ということか？」

驚いた顔を見せる彼に、躊躇いながらこくりと頷いた。

「家族は……僕とはもう会えない覚悟で送り出してくれたから、戻らないと決めたとしても、きっと許してくれると思います」

目覚めたときは、自分は否応なしにもうこの国にいた。

帰れないと思って馴染まざるを得なかったが、意外なほど朱国の暮らしが好きになった。

家族の気持ちはわからないけれど、おそらく高齢の祖母には長距離移動や今更の異国暮らしは難しいだろう。

まったく違う暮らしを送る家族を呼び寄せることは難しいかもしれない。けれど、玉瓏《ユーロン》がこう言ってくれていることを、マヤたちにも伝えられればと思った。

シリンは草原の暮らしを愛してきた。そこから、嫌だと言うこともできずに嫁がされて、全てを受け入れながらも、理不尽さを感じてもいた。

自分の意思を無視して結婚相手を決められるのは、一度だけでじゅうぶんだ。

それにもし、草原以外の場所で、自分が定住して働き、安定した暮らしができるようになれば、いつか彼らが困ったときに助けになれるかもしれない。

そう話しながら、あまりに玉瓏《ユーロン》が真剣な目で見つめてくるので、シリンはどぎまぎしてしまう。

「その、玉祥《ユーシャン》さまのことも気になりますし、あなたには、まだ世話になった恩も返せていないですし、それに……僕は、あなたの愛妾で、護衛ですから」

照れている気持ちを誤魔化すかのように、少々おどけて言う。

そうだな、と嬉しげな笑みを含んだ声で彼は答えた。

両手でシリンの手を握った玉瓏《ユーロン》は、その手を自らの口元まで持っていく。

甲に温かい唇が触れて、思わず息を呑む。愛おしむように何度も手の甲に口付けられ、熱の籠もった目で見つめられて、金縛りに遭ったみたいに体が動かなくなった。

「お前がここに残ると言ってくれて、とても嬉しい」

気持ちを言葉に出されて、シリンは微笑んでぎくしゃくと頷く。

自分も、彼が喜んでくれることが嬉しい。

許されるなら、もうしばらくの間、ここにいたい。玉瓏《ユーロン》が暮らすこの宮城で、少しでも彼と、それから玉祥《ユーシャン》の支えになりたいとシリンは思った。

――それは、生まれて初めて感じた、自分自身が望む未来だ。

（玉瓏《ユーロン》さまの、そばに……）

自分の気持ちをはっきりと自覚して、内心で狼狽えていると、玉瓏《ユーロン》が口を開く。

「シリン……私はお前に、話さなければならないことがある」

いったいなんだろう、と思わず背筋を伸ばしたが、玉瓏《ユーロン》は何かを言おうとしては、また口籠もっている。

よほど言い辛いことなのだろうかと、不思議に思った。

「後日……少し、落ち着いて話す時間を取りたい。玉祥《ユーシャン》の様子も気にかけてやらなくてはならないし、客人がいる間はお前も会いに行ったりするので忙しいだろう」

宮城の広大な敷地の中には、大きな池のある美しい庭園もあるそうだ。

様々なことが落ち着いたら、到着した愛馬に乗って、そこへ行ってみないかと言われて「ぜひ行ってみたいです」とシリンは笑みを浮かべた。

朱国に滞在していながらも、ほとんど玉瓏《ユーロン》の宮と城、薬庫の間の移動だけしかしたことがなく、他の場所についても気になっていたのだ。

シリンが興味を示すと、玉瓏《ユーロン》もホッとしたように笑った。

玉祥《ユーシャン》が回復し、客人が発ったあとで、改めて話をしよう、と言われ、シリンは頷いた。
彼の言う話が、いったいなんなのかは気になるけれど、玉瓏《ユーロン》は言ったことは守る人だ。
今、言い辛いのであれば、話してくれるときを待とうと決める。
彼が庭園に連れていってくれる日が、いっそう楽しみになった。

＊

「へえ、ずいぶんと立派なところだ。ここが皇弟殿下の住まいか？」

ルスタムは玉瓏《ユーロン》の宮をきょろきょろと眺め、面食らったような顔をしている。

「そうだよ。今はここで、玉瓏《ユーロン》さまと玉祥《ユーシャン》さまと僕の三人で住まわせてもらってるんだ」

説明をしながら、シリンは自分の部屋に彼を案内する。部屋に入る前、ちらりと玉祥《ユーシャン》の部屋のあるほうを窺った。

今朝様子を見に行くと、まだ本調子でないようで、玉祥《ユーシャン》はぼんやりしていた。何かしてほしいことは、と訊くと、珍しく『シリンにどこにも行かないでほしいです』とねだられた。今は微熱程度のようだが、やはり心配で、シリンは出かけられなくなってしまった。

やむを得ずその後の朝食の席で玉瓏《ユーロン》に頼み、ルスタムを招く許可をもらったのだ。

「せっかく来たんだから、どこか案内したいところだけど、実は僕もまだ、この宮と城の一部くらいしか行ったことがないんだ」

使用人が運んできてくれた茶と茶菓子を勧める。遠慮なく口にしながら、ルスタムは笑った。

「いやいや、もうじゅうぶんだよ。別におれは野宿でも良かったのに、まさか宮城の部屋に泊めてもらえるとは思わなくて、びっくりしたくらいだ」

シリンと同じように草原育ちのルスタムにとって、ユルト暮らしが普通だ。それを、建物の中で休めて、しかもそれがこんな豪奢な異国の屋敷だというのだから、自分が彼の立場であってもきっと同じ感想が出るだろう。

「ああそうだ。それで、お前は何日後ならここを発てる？」

しばし雑談をしたあと、大切なことを思い出したというように、彼が切り出す。

「ルスタム、その話なんだけど」

居住まいを正して、シリンは続けた。

「実は僕、もうしばらくの間、ここに置いてもらおうかと思ってるんだ」

矢の毒を受けた自分をこの国に連れて帰って解毒薬を与え、体が本調子になるまで養生させてくれた玉瓏《ユーロン》には、大きな恩があることを話す。表向きとはいえ愛妾になったことは言えなかったが、護衛をしていることは話した。

玉瓏《ユーロン》もいつまででもいていいと言ってくれていると伝えると、ルスタムは困り顔になった。

「そうか……確かに、恩を受けたのなら返してから出ていくべきだよな……だが、しばらくって何日だ？　おれが待てるくらいか？」

率直に確認されて、シリンは答えに詰まる。その顔を見て、ルスタムは悟ったらしい。

「ああ……そうか。つまり、先に帰れってことなんだな」

「……せっかくここまで来てくれたのに、ごめん」

シリンが申し訳ない気持ちになって言うと、いいや、とルスタムはゆっくりと首を横に振った。

「謝るのなら、おれたちのほうだ」

「え？」

「いくら過去の敗戦の代償とはいえ、おれたちは、お前をアラゾフに差し出して、その代わりに平和を得ようとしてた。普通に考えたら、酷い話だよ。しかも二度と帰らないと誓いを立てさせられて追い出されて、今、新しい国でやっと馴染んだところなんだろう。お前がおれたち一族のところに戻りたくないのも、もっともだと思う」

「ルスタム……戻りたくないっていうわけじゃないんだよ」

シリンの言葉に、どこか自嘲《じちょう》するように彼は言う。

「お前が今、ここで幸せなら、それが一番だ。いきなり押しかけてすまなかったな。マヤたちには心配はいらないと伝えて安心させておく。他の皆には手紙でも書いてやってくれ」

シリンは呆然としていた。

体が癒えたのに、皆のところへ戻らないなんて裏切り者だ、と言われるかと内心で怯えていた。だが、ルスタムは、それとは逆に、シリンの気持ちを思い遣り、一族の皆の代わりに謝ってくれた。

――黄金色の目に生まれて、いいことはこれまで一つもなかった。

過去にアラゾフに捧げられたアルティングルたちにも、ルスタムのように、複雑な立場への理解を示してくれる者が一人でもいたら良かったと思う。

ひとしきり話をしたあと、ルスタムは与えられた宮城の客室に戻っていく。

夕食の時間になると、シリンは使用人の代わりに玉祥《ユーシャン》の部屋に粥を運んだ。

「お客さまは帰られたのですか……？」

まだ少しだるそうな玉祥《ユーシャン》に訊かれ、シリンは「うん」と頷いた。

「案内する瑶の準備ができたら発つそうだから、たぶん早くて明後日の朝くらいになるみたいだ」

寝台のそばに座り、匙で粥を掬う。口に運んでやろうとしていたシリンは、玉祥《ユーシャン》がぽかんとしているのに首を傾げた。

「どうしたの？　もう少し食べて」

あーん、と言うと、彼は素直に口を開ける。

人肌に冷ました粥を食べさせると、小さな口に手を当ててごくんと呑み込んでから、慌てて言った。

「じゃ、じゃあ、シリンはここに残るのですか？」

「うん、まだしばらくはお世話になるよ」

照れながら言うなり、玉祥《ユーシャン》の目がじわっと潤む。ぼろぼろと大粒の涙が溢れ出すのを見て、シリンは仰天した。

「ユ、玉祥《ユーシャン》さま!?　ど、どうしたの？　もしかして、粥が熱かった？」

急いで盆の上に粥の器を置くと、綿布を取って、玉祥《ユーシャン》の目元を拭ってやる。

「ぼく、ぼく……シリンがあと数日で帰ってしまうんだと思ったら、悲しくて、辛くて、どうしたらここにいてくれるんだろう？　って、夜じゅう悩んでいたんです」

嗚咽《おえつ》を堪えながらたどたどしく言い、玉祥《ユーシャン》が小さな手で顔を覆う。

自分がいなくなることが辛くて、熱を出すほどこの子が悩んでいたと知り、シリンは胸がいっぱいになった。

「心配させてごめんね。まだどこにも行かないから」

うつむいている玉祥《ユーシャン》を抱き寄せ、ぽんぽんと背中を優しく叩いてやる。

玉祥《ユーシャン》の小さな体から、孤独が伝わってくる。ナランのことが思い浮かんだが、異母弟には実母のマヤがついている。

玉祥《ユーシャン》にも優しい叔父がいるけれど、彼は日々政務に軍の仕事に薬師にと、仕事に明け暮れていて忙しい。

もし、玉祥《ユーシャン》が自分がそばにいることを望んでくれるなら、叶えたい。子供はあっという間に大きくなる。もう少し成長すれば、きっとシリンの手など不要になるだろう。

だが、せめてそれまでの間、この子が一人で立てるようになるまで、近くで見守っていてやれたらと強く思った。


二日後にはルスタムの案内役を務める瑶の旅支度も整った。前夜の晩餐は玉瓏《ユーロン》の宮で一緒にとり、翌日、そろそろ出発するという知らせをもらい、シリンは宮城の門のところまで彼らを見送りに出た。

玉瓏《ユーロン》が用意してくれた新たな馬の背に、シリンが書いた皆への手紙と、託した山のような土産物をくくり付けてある。

出発間際、手綱を握ったルスタムは言った。

「もしバティルに戻ってきたくなったら、遠慮なんかせずにいつでも帰ってこいよ。たぶん、父さんの次はおれが一族の長になる可能性が高いと思う。おれも皆も、お前が帰ってきたらいつだって受け入れるから」

「ありがとうルスタム。そう言ってもらえると、心強いよ」

じゃあと最後に抱き合い、馬に乗ると、瑶とともにルスタムが宮城をあとにする。国境を出るまでは宿をとれるが、そこからディルバルまでは野営が続く。危険を避けるため、国境で瑶の知り合いの商人の一隊と落ち合い、同行させてもらう予定だそうだ。

（どうか何事もなく、無事に帰れますように……）

ルスタムたちの姿を見送りながら、ふとシリンの脳裏に、彼の滞在中に聞いたある話が過った。

『犯罪に関わっていたアラゾフの奴らはほとんど捕らえられたけど、一人だけ、まだ消息不明の奴がいるらしい。それが、お前が結婚するはずだったあのリシャドみたいなんだ』

争い事に慣れていなさそうだったリシャドは、あの夜の騒ぎの最中も、どこかぽかんとしていた。そんな彼だけが、朱国の討伐の最中にうまく逃げおおせたとは皮肉なものだ。

彼の父と兄たちは捕らえられ、一族は完全にばらばらになっている。たとえ逃げても、ディルバルには朱国の監視の目があり、もう違法な商売を続けることは不可能だろう。

(草原か……もしくは、北西のリューディア国方面に逃げたんだろうか……)

それなら、距離がありすぎて、朱国から追手が行くこともないかもしれない。

しかし、あのリシャドが、大陸の中で草原よりも暮らすのが厳しいといわれる凍える異国で生き抜くのは、かなり難しい気がする。

アラゾフの名を聞くと、今でもシリンは複雑な気持ちになる。

朱国の兵が討伐で押し入らなければ、自分は今、あの長の館のどこかで、おそらくは自由のない暮らしを強いられていたはずだ。

または、あの子供が玉瓏《ユーロン》に向かって矢を放たなければ——そして、あの矢尻に特別な毒が塗られてさえいなかったら。

玉瓏《ユーロン》がシリンを国に連れて戻り、こんなふうに暮らすこともなかったのだ。

数奇な巡り合わせの連続によって、シリンは今、これまでにないほど穏やかな暮らしを送っている。

(……運命というのは、誰にもわからないものなんだな……)

玉瓏《ユーロン》の話では、アラゾフに略奪された娘たちのうち、残り数人は未だ生死も消息も不明のままだという。

　帰りを待っている家族のことを考えると胸が痛い。どうか、無事で見つかってほしいと心から思った。

＊

「シリン、あそこ、お菓子の店があります！」

ワクワクした様子の玉祥《ユーシャン》に言われて、シリンは右側の屋台に目を向けた。

ルスタムが帰ったあと、悲しませた詫びに玉祥《ユーシャン》に何かしてやりたいとシリンは思った。望みを訊ねると、「一緒に買い物に行きたい」と言う。

それを叶えるため、玉瓏《ユーロン》に外出の許可をもらい、密かに四人も護衛をつけられて、こうして玉祥《ユーシャン》と街に出てきたというわけだ。

『行けるものなら私も行きたいのだが』と、玉瓏《ユーロン》は残念そうだった。

（そういえば、玉瓏《ユーロン》さまの話したいことって、そろそろ聞かせてもらえるのかな……）

ルスタムが帰ってから一週間ほど経っているが、玉瓏《ユーロン》は、何やら注文しているものがあり、時間がかかっているが、その話をするためにはどうしてもそれが必要でうんぬんと、よくわからないことを言っていた。

『もう少しだけ、待っていてくれるか』と頼まれてシリンはわかりましたと頷いた。何せ、彼に恩を返すまではいさせてもらうつもりなので、時間はたっぷりある。

玉祥《ユーシャン》が興味を示した菓子の店に寄り、食べたいという菓子をいくつか買い込む。

次に、玉祥《ユーシャン》の目は近くにあったおもちゃの店に引き寄せられたが、護衛たちがさりげなく守ってくれているので安心だ。

シリンは子供たちの邪魔にならないよう、数歩離れたところに立つ。珍しく同年代の子供たちに交じって目を輝かせる玉祥《ユーシャン》を見守ることにした。

「わっ……」

そのとき、突然小走りの通行人がどんと肩にぶつかってきた。とっさに見ると、「すまねぇ！」と声をかけながらすでに走り去る背中が見えた。

呆れながら、思いきりぶつかられたのが玉祥《ユーシャン》ではなくてよかったと思う。ふと、懐に手を入れて確認するが、財布は無事だ。

（あれ……？）

何か違和感があり、見ると襦裙《きもの》の帯に引っかかるように何かが差し込まれている。

結んだ小さな手紙のようなものだと気づき、怪訝に思いながらもその場で急いで開ける。

中を読んだシリンは、顔色を変えて、とっさに男の去った方向を見た。けれど、どこへ行ったのか、後ろ姿はすでに消えていた。


楽しい時間を台無しにしたくなくて平静を装おうとしたけれど、おもちゃの店から戻ってきた玉祥《ユーシャン》は、すぐにシリンの様子がおかしいことに気づいてしまった。

「顔色が悪いです、帰って医師に見てもらいましょう」と心配そうに言う玉祥《ユーシャン》に申し訳なく思ったが、医師は必要ない。

宮城に戻るとすぐさま、シリンは玉瓏《ユーロン》の元に向かった。

しかし、運悪く、後宮で何か問題が起きたらしく、彼は今、医師とともに妃たちの居室に赴いているという。薬師の玉瓏《ユーロン》は、後宮にも皇帝から特別に出入りを許されているのだ。

焦れたけれど、許可のないシリンは後宮まで追ってはいけない。

『急ぎで話したいことがあるから、できるだけ早く宮に戻ってきてほしい』という手紙を使いの者に持たせ、彼の戻りを待った。

しかし、じりじりしながら待ち続けたが、その夜、玉瓏《ユーロン》は戻ってこなかった。

玉瓏《ユーロン》からの返事を届けに来た静は、少し疲れた顔をして言った。

「実は、元々仲のお悪かったお妃同士の諍いで、片方のお方が大怪我をしてしまったのです」

玉瓏《ユーロン》からの手紙には『すまないが、しばらく帰れそうにない』と書かれていて、シリンは絶望した。もちろん、妃の容態は心配だが、自分の用件も、場合によっては人命に関わることだ。

困り事があればなんでも静に頼んでくれ、とも書かれているけれど、事が事だけに安易には人づてに話せない。

（きっと、嘘だ……）

シリンは必死で自分にそう言い聞かせる。

街でシリンの襦裙の帯に差し込まれた手紙に書かれていたのは、恐ろしい内容だった。

『剣の腕が立つルスタムを朱国に連れ出したあと、バティル一族は、アラゾフの仲間とみなされ、皆殺しになった。指示をしたのは朱国皇弟、朱玉瓏《ユーロン》だ』

衝撃的な内容に動揺したが、玉瓏《ユーロン》がそんなことを命じるはずがない。シリンは自らに言い聞かせ、どうにか落ち着かなくてはと必死だった。

酷い中傷だ、そうに違いない。

冷静になろうとしたけれど、引っかかったのは、その手紙には、この朱国では自分くらいしか知らないことが書いてあったからだ。

ルスタムは、今の一族の中ではもっとも剣の腕前が優れている。

――つまり、この手紙は、いっときでもバティルの中に入り、一族の状況を知る立場を得た誰かが書いたものだ。

手紙の真偽はわからない。しかし、その者は、わざわざシリンが宮城から街に出たところを狙ってまで、密かにこのことを知らせようとしたのだ。

（……皆殺しを命じられた誰かが、罪の意識に耐えきれず、僕に密かに伝えた、ということ……？）

ぜったいに違う、と思いながらも、シリンはともかく玉瓏《ユーロン》が戻ってきて、違うと証明してくれることだけを切実に祈っていた。

玉瓏《ユーロン》のことは信じている。けれど、彼が命じなくても、草原にいる家族たちが朱国の軍にアラゾフの一味だと誤解され、粛清《しゅくせい》される可能性は拭えない。

先に戻ったルスタムは、まだ草原には到着していないはずだ。シリンの家族、マヤやナラン、祖母は今、どうしているのか。バティル一族は普段、草原に散らばって家族ごとに暮らしている。もし兵士が乗り込んできたら、老人と女子供だけの家族など、ひとたまりもない。

ともかくと、急いで故郷に向けて手紙を書いた。宮の使用人に頼んで早馬の使者を呼び、家族の無事を確認したら、その場で返事をもらい、すぐに戻ってきてほしいと頼む。

心配で食事がまともに喉を通らず、憔悴《しょうすい》していくシリンを、玉祥《ユーシャン》が心配してくれる。

「玉瓏《ユーロン》様は、まだしばらくこちらに戻ることはできないとのことです」

何度か状況を伝えに戻ってきた静によると、件の怪我をした妃の容態は、どうやらかなり重篤な状態らしい。そのため、玉瓏《ユーロン》は皇帝の代理として政務をこなすとともに、医師と薬の調合を相談し、更には心労の皇帝をも支えなくてはならず、この宮に戻るどころか、まともに休むことすらできないようだ。

玉瓏《ユーロン》は静を通じ、シリンには美しい装飾の鏡に貴重な旬の果物、玉祥《ユーシャン》には書物と菓子を届けさせ、戻れない詫びを伝えてくれた。しかし、どんなに頼んでも玉瓏《ユーロン》と直接会うことはできない。

（……静に事情を書いた手紙を託して、玉瓏《ユーロン》さまに渡してもらえないだろうか……）

焦れたシリンはそうも考えたものの、もし中を誰かに見られたらと思うと、おいそれと託せず、断念せざるを得なかった。

一日、二日、と玉瓏《ユーロン》の戻りを待ったが、もう限界だった。

三日待ったところで、明け方にシリンは覚悟を決め、最低限必要な旅支度をまとめた。玉瓏《ユーロン》が誂えてくれた襦裙は高級すぎるため、庭仕事をしたいからという名目で、使用人に目立たない服を借りた。悩んだ末、玉瓏《ユーロン》には『事情があって急いで草原に戻らなくてはならなくなった』という旨《むね》と、勝手をしてすまないという謝罪の言葉を簡潔に書いて残すことにした。

出発の間際に、どうしても黙って行きたくなくて、玉祥《ユーシャン》の部屋を訪ねた。急いで故郷に戻り、一族の安否を確認してくると伝えると、彼は目を丸くした。

「どうしても気がかりなことがあるんだ。皆の無事を確認したらすぐに戻ってくるから」

「お、おまちください、ならば、ともかく叔父上にお伝えして――」

「何度も手紙を送ったよ。でも、玉瓏《ユーロン》さまはまだこちらに戻れる見通しが立たないらしい。ちゃんと話をしてから行きたかったけれど、家族のことが心配でたまらない。草原にいる義母と弟たちが危機に晒されているかもしれないんだ」

急いで自分も玉瓏《ユーロン》に手紙を書くから、と玉祥《ユーシャン》から言われたけれど、シリンはそれすらもう待てなかった。

どうあってもシリンを止められないとわかると、玉祥《ユーシャン》はしばしの間おろおろしたあと、「ちょっとだけ待っていてください」と言う。それから、何やら慌てて手紙を書き始めた。

渡されたのは、皇子である彼の印を捺《お》した手紙と銀子だ。

「国境にむかう前に、街の帝家御用達の薬店にいってください。そして、店主にこの手紙を見せてほしいのです」と玉祥《ユーシャン》は言う。

薬店の者は、ディルバルの街へもたびたび仕入れに行くから、国境の出入りも移動に関しても、安全な旅の知識を持っている。

「この手紙があれば、帝家に出入りする薬商人が、必ずシリンの力になってくれます」

「玉祥《ユーシャン》……」

まさか玉祥《ユーシャン》が協力してくれるとは思わず、シリンは驚いた。

「ぼくも一緒に行きたいけど、それはできないから……その代わり、どうかぜったいに怪我などせず、無事にこの宮城にもどってくると約束してください」

そう頼んでくる玉祥《ユーシャン》は、泣くのを堪えているようだ。シリンはたまらなくなり、ふと思い立って、いつも腕にはめているマヤからもらった腕輪を外す。それを、玉祥《ユーシャン》のまだ細い腕に結んだ。

「これは……?」

「お守りだよ。草原を離れるときに義母のマヤがくれた、僕にとってはとても大切なものなんだ。必ず無事でここに戻ってくるという約束代わりに、玉祥《ユーシャン》さまに預けていくから」

そう言うと、腕輪をじっと見てから、玉祥《ユーシャン》はこくりと頷いた。

せめて一人でもいいから従者を連れていくように頼まれたけれど、勝手に出ていく上に、更に宮城から人手を連れ出すような真似はできず、断った。

夕暮れ前に、馬房から連れてきたナフィーサに乗り、シリンは朱国宮城の門をあとにした。


幼いとはいえ、皇帝の皇子の願いと印のある手紙は、絶大な効果を発揮した。

玉祥《ユーシャン》に言われた通り、シリンは国境に向かう前に街の薬店に足を運び、手紙を見せた。『皇子の使者であるこのシリンに、ディルバルまで同行させてもらえる隊商を紹介するように』と頼む手紙を読むと、店主は顔色を変えて誰かを呼んだ。

店主は「ちょうどこれから、ディルバルの市場に商売に行く予定の商人が何人かおりますので」と言う。しかも、急いでいる旨を伝えると、ありがたいことに、彼らのうちの何人かが予定を繰り上げて、すぐに出発してくれる運びになった。

本当なら、闇雲に馬を飛ばして先を急ぎたかったが、あいにく自分はディルバルまでの詳しい道を知らない。

もし一人で行動し、ナフィーサに無理をさせでもしたら、途中で共倒れしてしまうかもしれない。今は道を知っている隊商に同行させてもらうのがもっとも近道なのだと自分に言い聞かせる。

皆の無事を祈りながら、シリンは彼らとともに国境を出て、まずはディルバルの街を目指した。

片道十日間ほどのディルバル行きの旅は、風雨に襲われることもなく順調だった。

野宿の際、足りないものがあれば、同行の商人たちが快く出してくれる。見知らぬシリンに対しての特別扱いは、すべて玉祥《ユーシャン》の手紙のおかげだろう。

休憩中に、急ぎで向かう旅の事情を聞かれ、「家族に心配事があって」とだけ伝えると、皆察してくれて、行程を急いでくれた。売るための薬や茶などを山と積んだ荷車を引いているので、短縮できるとしても半日くらいのものだというが、それでも切羽詰まっているシリンにとっては天の救いだ。

もうあと一日でディルバルの外れに着く、という夜のことだった。

同行させてもらう隊商は元々三人で、出発直前に薬店の店主の知り合いの紹介だという別の街の商人が二人加わり、シリンも合わせて計六人の一行になった。ほとんどの間、黙ってナフィーサに乗っているシリンに時々話しかけてくるのは、そのうちの一人か二人だけだ。

「あんた、あまり食べないなあ。家族が心配でも、食べなきゃ倒れてしまうぞ？」

心配そうな年かさの商人に言われて「大丈夫ですよ、ありがとうございます」と答えるが、確かに休憩の際にもシリンの食は進まなかった。

一行を率いる中年の男は、薬店の店主からシリンを必ず無事にディルバルまで送るようにと頼まれているらしく、あれこれと食べるように勧めてくる。ぜったいに草原まで辿り着かねばならないのだからと、シリン自身も、無理にもそれらを口に詰め込んだ。それでも、普段通りにはどうしても食べられない。

憔悴していくシリンを見るに見かねたのか、あとから合流した商人の一人が、その夜の夕食時に、「ほら、少しでも飲んで体をあっためるといい。よく眠れるから」と、樽《たる》から杯に注いだ飲み物を渡してきた。食事の際にはいつも、皆同じものを美味《うま》そうに飲んでいる。どうやら売り物の蒸留酒らしい。だが、シリンは酒に酔う気になれず、いつもは断っていた。

食べるほうは最低限どうにか詰め込んでいるが、不安のせいかどうしても眠りが浅く、どんなに努力しても一睡もできない夜もある。

眠れないとだんだん体力を削られていく。このままでは、皆の無事を確認するまで持つかわからない。

（飲んだら眠れるだろうか……）

気のよさそうな商人が渡してきた器に、迷った末、シリンは口をつけた。飲み込むと、同じ酒でも玉瓏《ユーロン》の宮で出るまろやかな味わいの高級酒とは違い、かすかに舌に焦げたような味が残る。だが、喉を通ると確かにじんわりと体が温かくなっていく。今夜は眠れそうな気がして、少しホッとした。

（あれ……）

喉の渇きを感じてシリンは目覚めた。

やけに不快な振動と、ガラガラという荷馬車が走る車輪の音に気づく。

いつの間に眠ってしまったのか、瞬きをしてもまだ辺りは暗いようだ。

しかし、夜が明けていないのではない。

――目隠しをされた上に、口には何か布を嚙まされていて、声を出せないようにされているのだ。

そう気づいて、シリンは愕然とした。

どうやら、何か樽のようなものを抱えるようにして手を巻き付けさせられ、座った状態で手首を拘束されているようだ。

今自分がディルバルに向かう旅の途中で、勧められた酒を飲んだことを思い出す。頭がガンガンするのは、飲んだ酒のせいだろうか。あの商人たちのうちの誰かに薬でも混ぜられたのか、家族の安否が不明なこんなときに、とシリンは舌打ちしたい気持ちになった。

しかし、どうやっても目隠しはとれず、拘束も緩まない。

まさか全員がグルだったはずはないだろう。一緒にいた他の商人たちはどうなったのだろう、ナフィーサは無事だろうか、と頭の中で考える。

わけがわからないまま揺らされていると、しばらくして、走り続けていた荷馬車がゆっくりと停まった。

聞こえる会話から、どうやらディルバルのどこかに着いたようだとわかったが、荷馬車のそばで話し声がしても、唸るばかりで声は出せない。いったい何を飲まされたのか、体が痺れている。歯がゆい気持ちのまま、荷馬車は再び進み始め、小一時間ほど走ってからやっと停車した。いったん手の拘束を解かれたが、すぐにまた後ろ手に縛り直される。乱暴に荷馬車から降ろされて、どこか建物の中の部屋に転がされた。

「——起きてるか？」

しばらくして、ぐい、と目隠しを取られ、眩しさにシリンは目を細める。

口に噛ませた布は取ってもらえないままだが、少しずつ鮮明になっていく視界に入ったのは、見覚えのある男たちの顔だった。

（ルスタム……⁉）

先に草原に戻ったはずのルスタムが、「縛ってすまないな」と無表情で謝ってくる。

（もう一人は……まさか、リシャド……？）

アラゾフの三男、リシャドに見えるその男は、怪我をしたのか右目に眼帯をしているようだ。

顔がやつれ、結婚式前夜の宴の際に会ったときとは別人のようだが、確かにリシャドだ。

「俺を覚えているか？」とリシャドに訊かれて、シリンは小さく頷く。

彼は満足げな顔で「そりゃよかった」と呟くと、立ち上がって周囲を指差した。

乱雑に荷物が積まれた、倉庫のような狭い部屋だ。

「ここはディルバル近郊にある半定住の羊飼いの家だ。ここの地下を借りてる。たった一つだけ見つからなかった、アラゾフの最後の隠れ家だ。お前が到着するまでの間、ずっとじりじりしながら知らせを待っていたよ」

リシャドが言い、ルスタムをちらりと見る。

「あいつには、『人生を変えられるくらいの金をやると約束するから、お前を朱国から連れ出せ』と命じたんだ。最初は断ってたが、具体的な額を言って半金を先に渡したら、すぐに言うことを聞いて、俺の犬になった。ずいぶん簡単だったよなぁ、なあルスタム？」

（あの手紙を使って僕を朱国から連れ出したのは、ルスタムの仕業だったのか……）

愕然としていると、ルスタムは気まずそうにぼそりと言った。

「……おれはただ、仕事を変えたかっただけなんだ。どうするか迷ってたけど、お前が贅沢な暮らしをして、草原には戻らないと言い出したから……覚悟を決めた」

呆然とするシリンの前で、ルスタムは言った。

リシャドが得意げに後を続ける。

「ここの地下には残った女どもも隠してある。少し休憩したら、その女たちも乗せて、もう少し北西側に近い場所に移動する。今空き家で自由に使える家があるから、今後はそこで取引をする予定だ。リューディアの商人が来て、女たちを見定めることになってるから、ついでにお前も、一番酷い扱いをする奴らに売り飛ばしてもらうことにしよう。アラゾフを潰したお前には、死ぬより辛い目に遭ってもらわなきゃならない。家族は皆連れていかれた。兄貴たちはわからないけど、たぶん親父は娘たちを誘拐して売り飛ばした罪で、処刑だろう。俺は逃げるときに何かにぶつかって、こうして片目を潰された。お前は、俺たち一族にしたことの報いを受けろ」

リシャドはアラゾフが崩壊したすべてを、どうやらシリンのせいだと思い込んでいるようだ。

ありえない誤解にぞっとしたが、自分のことよりもシリンは、バティルの皆の安否が気がかりでたまらなかった。

（ルスタム……まさか、本当に皆を……？）

しかし、ルスタムはシリンに何か恨み言を言うでもなく、こちらを見ようともしない。リシャドにかけ合い、残りの金貨をいつもらうかという話をしている。

口を封じられてルスタムに一族の皆の無事を問い質《ただ》すこともできないまま、シリンは絶望した。

逃げることもできずに再び目隠しをされ、水も飲ませてもらえないまま放っておかれたあと、何時間か過ぎる。また連れ出されて荷台に乗せられ、荷馬車は動き出した。

半日ほど進んだだろうか。揺れ続けて体が痺れてきた頃、荷馬車が停まり、貨物席から引きずり下ろされる。

目隠しが取られたが、それだけだ。

見知らぬ建物は、話に出てきた空き家らしい。シリンが腕を引っ張って連れていかれたのは地下の部屋のようだった。

あとから運ばれてきた荷袋から三人、まだ少女のような娘たちが出される。

彼女たちは手しか縛られていないが、ひどく怯えきっている。

「互いに顔を綺麗にして、身なりを整えろ。今夜売れなかったらここで始末するから、せいいっぱい着飾るんだな」

他に仲間はいないようで、リシャド自身が着替えらしきものを運んできた。それを床に置き、娘たちに顔を拭く水と綿布を用意している。

娘たちは、啜り泣きながら命令に従った。

「おっと、こいつは手の拘束も口の布も取るんじゃないぞ。獣みたいな奴だから、何をするかわからない。そのまま商人に見せる。黄金の目と顔立ちの良さはわかるから、きっとなんとか引き取ってもらえるさ」

リシャドがそう言い放つ。シリンだけは拘束されたまま放置された。

（なんとかして、バティルの皆の安否を確認しなきゃ……）

じりじりしながら、シリンは逃げる隙ができないかを必死で探した。痺れはとれたが、拘束が解けない。

時間だけが経ち、また新たに誰かが着いたような物音がして、焦りが強くなる。

娘たちとともに異国に売り渡される危機が迫っていることを感じる。見送る玉祥《ユーシャン》の心配そうな顔が思い浮かぶ。どうしてあの真偽不明の手紙を信じてしまったのか、せめて玉瓏《ユーロン》と話ができるまでもう少しだけでも待てなかったのかと、無謀にも飛び出してしまった自分を激しく悔いた。

時が過ぎ、怯える娘たちが一人また一人と連れ出されていく。

誰も戻っては来ず、最後にシリンの番になった。

連れ出しに来たルスタムに向かって、必死で唸り声を上げる。

「頼むから黙っててくれ。リシャドはすべてを失った混乱でちょっとおかしくなってるみたいだ。苛立《いらだ》たせたら、本当に何をするかわからないぞ」

慌てて宥める彼に怯まず、更に大きく唸る。目で「バティルを売ったのか」と訴えた。

シリンが何を言いたいのかわかったらしい。ルスタムは「……バティルのことは、知らないんだ」と言った。

彼は計画を練り、リシャドから受け取った半金で朱国宮城に出入りする下働きを雇うと、シリンに密告の手紙を読ませた。ディルバルに着く前に瑶を朱国に返して一人になり、朱国の国境のそばまで戻ると、慌てたシリンが行動を起こすのを根気強く待った。狙い通り、彼が朱国を出てきて、同行している一行を見つけると、ルスタムは密かに商人の一人に接触を図った。『家出した弟なんだ。無理にでも連れ帰って、母の死に目に会わせてやりたい』と懇願して泣き落とし、金を握らせて薬を盛らせ、シリンを連れ去った――ということらしい。

彼はリシャドに今の季節の野営地の場所は教えたそうだ。だが、その後、どうしたのかまでは訊かなかったと言う。

「親父はいつもおれを殴ってばかりだし、どんどんきつい仕事ばかり押し付けてくる。どうにかして逃げ出したいとずっと思ってた。街に嫁いで遊牧民の暮らしから逃れられるお前がうらやましかったくらいだ」

初めて聞く話に、シリンは驚く。表情の変化に気づいたらしく、ルスタムが皮肉に笑った。

「たとえリシャドが何もしていなかったとしても、もう二度と一族の元には戻らない。貧しくて厳しい草原の暮らしはまっぴらごめんだ」

吐き捨てるように言って、ルスタムはシリンを物のように担いで歩き始めた。

別の部屋に連れていかれると、そこには二人の見知らぬ男たちがいた。

見慣れない風貌と服から、彼らがリューディアから来た商人なのだろうとわかった。

彼らの前に座らされ、シリンはまじまじと目を覗き込まれる。興奮したように「黄金色だ」と言う彼らは、二人の間で知らない言語で会話し始め、どうやら最後になったシリンを値踏みしているようだ。

「こいつは五百ルードだ」

リシャドは人を売るにしては明らかに格安の値段を言う。男たちが「美人で若い。なぜ安い？」と怪訝そうに訊く。

「顔は綺麗だが、実はこいつは、俺の父と兄たちを殺した罪人なんだ。性奴隷として売ってもいいし、なんならなぶり殺しにしたっていい」

嘘を捲し立て、恐ろしい取り引きを持ちかけるリシャドに、憤りが湧く。

シリンの中に、恐怖よりも強く、この男を蔑《さげす》む気持ちが込み上げてきた。

娘たちは怯えていた。異国に連れて行かせるわけにはいかない。

彼女たちを捜している家族がいるのだ。

そう考えたとき、ふいにマヤたち――それから、玉瓏《ユーロン》と玉祥《ユーシャン》の顔が頭に浮かんだ。

わずかの間だったが、朱国での幸福な暮らしが思い出される。すっかり懐いて、時には甘えてくれるようになった可愛い玉祥《ユーシャン》と、いつも気遣ってくれた優しい玉瓏《ユーロン》との日々が懐かしいほどまざまざとシリンの心に蘇《よみがえ》った。

――自分も、彼らの元に帰りたい。

死ぬのならせめて、玉瓏《ユーロン》に会いたい。もう一度だけ、彼の姿を目に焼き付けてから死にたいと思った。

商人の男たちがひそひそと相談している。内心でいらいらしているようで、リシャドは彼らのほうを見ながら何度も酒を呷《あお》っている。

見回りでもするのか、ルスタムがふらりと部屋の外に出ていく。

ふいに、ずっと解こうともがいていた後ろ手の拘束が緩み始めたのにシリンは気づく。

（……ほどけた……！）

彼らに気づかれないよう、慎重に縄から手首を外す。手は後ろに回したままで、逃げる機会を窺った。

「四百ルードなら、交渉成立だ」

商人たちが、シリンを値切ってきた。自ら罪人だと言った手前、値引きを頼まれても断れなかったらしい。「仕方ない、それでいい」と言って、リシャドがシリンのところにやってくる。

「安いが売れたぞ、よかったな」

にやにや笑いを浮かべ、完全に油断しているリシャドが嘲《あざげ》るようにシリンに囁く。体が近づいた瞬間、彼が腰に帯びている剣を素早く引き抜くと、シリンは彼の腹を拘束されたままの足で力いっぱい蹴り飛ばした。

「ぐあっ!!」

悲鳴を上げてリシャドが思いきり転がる。

商人たちが「な、なんだ!?」と慌てふためいて剣を抜こうとする。

それを制止しようとしたときだった。

扉の外から、争うような激しい物音がした。同時に、揉めている声が聞こえ、扉が蹴り開けられる。

「いました、この部屋です!」

聞き覚えのある声だと思った。静の声だ。

一気に乗り込んできたのは、宮城で見た覚えのある、朱国近衛兵の軍服を着た者たちだった。

動揺しているリューディアの商人たちが、何か必死に言い訳をしている。やっと起き上がったリシャドが、逃げる間もなく兵士たちに拘束される。扉の外にいたルスタムはどうなったのだろう、とシリンが考えていたときだ。

「――シリン」

玉瓏《ユーロン》の声がして、ハッとして顔を上げた。

軍服姿の彼は、そばに片膝を突くと、シリンの口から布を取ってくれる。

急いで足首の拘束を解いてもらいながら、涙が零れそうになる。シリンは痺れたような状態になった口で、三人の娘たちが捕らわれ、売られようとしていたことを話す。指示を受けて、すぐに彼の部下が部屋を出ていく。

「玉瓏《ユーロン》様、僕は今すぐ、バティルの皆のところに行かなくては……っ」

シリンは必死で彼に、リシャドがバティルの一族に何かしたかもしれないということを説明する。

「大丈夫だ、シリン。お前の一族は無事だ。ああ、それから、ナフィーサも」

玉瓏《ユーロン》にそう言われて、汚れた姿のシリンは、わけがわからないまま彼の腕に強く抱き締められていた。


復讐を企んだものの、結果としてリシャドは、バティルには何一つ手出しをできなかったらしい。シリンをより苦しめるため、一度は本当に襲撃を計画したようだが、彼が実行するより前に、玉瓏《ユーロン》が手を打っていた。

彼は、長たちを捕らえたあとも、アラゾフの三男の行方がわからないことを憂慮《ゆうりょ》していた。嫁入り前日の夜に朱国の兵が押し入ったため、捕らえたアラゾフの者には、シリンたちを人身売買の密告者だと思い込んで呪っている者がいた。万が一にも、逆恨みでシリンの一族に被害があってはならないと、玉瓏《ユーロン》は事前に手を回していたのだ。

ディルバルに置いている玉瓏《ユーロン》の手の者の中に、朱国出身の母と遊牧民の父を持つ者がいた。

玉瓏《ユーロン》に忠誠を誓う彼――カリムという名の男は、外見上は遊牧民の中にいても目立たず、朱国皇弟の指示で来たことはわからない。

玉瓏《ユーロン》は彼にバティルのユルトに行くよう命じ、シリンの家族を守らせた。カリムはいったんディルバルに寄った使者の瑶から玉瓏《ユーロン》の命令を聞き、ともにバティルの遊牧地に向かった。そして、事実は伏せ、『シリンの頼みで一家の手伝いに来た』と言って、マヤたちの身の安全に気を配ってくれた。

男手がない家族だと侮《あなど》っていたリシャドは、ルスタムから成人した男が一家に入り込んでいると聞き、返り討ちに遭う危険性を感じたらしい。やむを得ず一家の襲撃は諦め、ルスタムがシリンを攫《さら》ってくることを期待して、ひたすら隠れ家で戻りを待ち続けていたようだ。


「少しでもいいから、宮に戻れば良かった」

そう言う玉瓏《ユーロン》は、シリンが宮城を発ったその夜に、無理に時間を作って宮に戻ってきた。彼は玉祥《ユーシャン》から事情を聞いて、すぐさまシリンのあとを追ったのだという。

同時に、ディルバルに置いていた兵士たちの元に早馬の知らせを飛ばし、シリンが着いたら引き留めてもらうよう伝えた。

しかし、いつまで経ってもシリンは到着せず、なぜか玉瓏《ユーロン》たちが先に着いてしまった。怪訝に思った玉瓏《ユーロン》は、それまでの間に到着した商人を全員調べ上げた。すると、朱国から着いた商人の中に、シリンの愛馬を連れている者がいたのだ。彼らを追及していたとき、「片目を怪我した不審な男を見かけた」という情報が入った。玉瓏《ユーロン》の元には、逃走しているリシャドが追手から逃げる際、自ら振り回した剣で目から血を流していたと報告が入っていた。

だが、その情報から、リシャドの隠れ家を見つけ、玉瓏《ユーロン》の部下が押し入ったときには、わずかな差でシリンたちは移動させられたあとだった。

隠れ家の状況を調べた玉瓏《ユーロン》は、これから連れていかれる可能性のある場所をしらみつぶしに捜させた。

もっとも有力だったのが、リシャドの亡き母の生家で、一度は他人に売られたこの別宅だった。

「商人との売買が成立する前に見つかって良かった。リシャドがすぐにお前を楽にはしないと決め、どうにか長く苦しめるため、遠くへ売り飛ばそうとしたことで、逆に命が繋がったんだ」

捕らえられたリシャドたちはディルバルの牢獄に入れられ、これから裁かれることになる。誘拐された娘たちも、彼女たちを捜していた親と間もなく再会できるはずだ。

その後、玉瓏《ユーロン》は、バティル一族は大丈夫だと伝えても、まだ心配で落ち着かないシリンを見て、「ならば、会いに行こう」と言ってくれた。

警護を兼ねて直属の部下を五名だけ連れた玉瓏《ユーロン》とともに、シリンの家族の無事を確認するため、一行はバティルの遊牧地を目指した。

「シリン⁉」

それから三日後、突然、異国の兵士たちを連れて戻ってきたシリンに、家族は皆目を丸くした。嫁いだあと婚礼前にアラゾフ一族が瓦解し、一度は行方不明の身だったのだから、彼らが驚くのも当然だ。

「シリン、お帰り‼」

すぐにナランが飛びついてきて帰宅を喜び、マヤは「心配してたのよ」と言い、無事の再会を泣き笑いの顔で喜んでくれた。祖母のユルトにも顔を出すと、祖母は驚きつつも安堵の表情を浮かべ、労りの言葉をかけてくれた。

杖を突く祖母を手伝いつつユルトから出てくると、マヤが急いで人数分の乳茶を用意してくれた。シリンは玉瓏《ユーロン》と並んでユルトの外に広げられた敷物の上に腰を下ろす。玉瓏《ユーロン》の部下たちも、少し離れたところで同じように腰を下ろし、てきぱきと働くナランに茶を振る舞われている。

「戻るのが遅くなってごめん、朱国に行ってからもいろいろあって……」

乳茶を飲みながら、シリンはマヤたちにこれまでのことを簡潔に話した。玉瓏《ユーロン》は毒矢で死にかけたシリンを助けてくれた上、その後も体調が戻るまで宮に置いて大変よくしてくれた恩人であること、彼は朱国の皇弟殿下であることを伝えると、皆驚きにぽかんとなった。

ハッとしたマヤは、「皇弟様とは……失礼しました」と言って慌てて深々と頭を下げ、ナランも母に倣ってぺこりと頭を下げている。

しばし呆然としていた彼らが落ち着いてから、改めて、詳しい状況を訊いた。

「婚礼前夜の宴でのことを知らされてから、ずっと心配していたのよ」

マヤたちは、玉瓏《ユーロン》が遣わせた使者の瑶がシリンの手紙を届けに来たことで、ようやく彼の無事を知ったそうだ。シリンは今朱国にいる、婚礼前の宴で事故により毒矢を受けたが、皇族の元で保護を受け、元気にしていると知らされて皆驚いた。けれど、シリンが瑶に渡した証拠の品を見て、その話が事実だと確信し、胸を撫で下ろしたらしい。

マヤたちは瑶に返事を託し、求められるまま、目の玉が飛び出そうな額の金貨と引き換えにナフィーサを預けた。しかし、自ら行くと言い出したルスタムが瑶とともに朱国に旅立ったあと、予定の日を過ぎてもいっこうに戻らず、心配していたそうだ。だがその代わり、二日ほど前に、出発前にシリンが朱国から手紙を託して向かわせた使者が着いた。家族の無事を心配し、すぐに移動して身を隠してほしいという願いを不思議に思いながらも、マヤは皆無事だから大丈夫だと返事を書いて、使者に渡したのだと言う。今頃その使者は朱国への帰路を急いでいるところだろう。

玉瓏《ユーロン》が警護のために寄越した遊牧民と朱国の民両方の血を引く男は、偶然にも亡きシリンの父と同じ『カリム』という名前だった。彼は日中の間、以前はシリンがしていた羊や馬の放牧をしてくれているという。ちょうど、羊たちを柵に戻し終えて戻ってきたカリムを見つけて、ナランが顔を輝かせた。

「カリム、シリンが帰ってきたんだよ！」

少し人見知りなところのあるナランが駆けていき、カリムの手を引っ張ってくる。異母弟がすっかり彼に懐いているのにシリンは驚く。玉瓏《ユーロン》に気づき、慌てて膝を突いたカリムは、「そのままで構わない」と言われて恐縮しつつも従う。シリンにも丁寧に挨拶をしてくれて、体は大きいが穏やかなたちの男のようだ。

「カリムが来てくれて本当に助かっているわ。最初に彼が使者の瑶さんとやってきたときは、特に報酬も出せないのにと思って困ったけど、カリムは力持ちだし、すごくよく働いてくれるのよ」

と、マヤも嬉しそうだ。

彼女はカリムに甘える息子を目を細めて見つめている。そして、皆に支えられて穏やかに暮らしている様子の祖母を見て、シリンはホッとした。

（……良かった……皆、大丈夫だったんだ……）

家族のことはずっと気にかかっていたが、自分がいなくなったあとも皆問題なく暮らせている。一家の暮らしを背負っていると気を張ってきた分、かすかな寂しさを覚えたが、それ以上に大きな安堵がシリンの胸を満たした。

これも、カリムをここに遣わしてくれた玉瓏《ユーロン》のおかげだ。

「ねえお兄さん、剣の相手をしてよ！」

ふと見ると、ナランにせがまれた玉瓏《ユーロン》の部下たちが、「おお、いいぞ。どっちが勝つかな？」と笑いながら快く応じている。彼らがナランに剣の稽古をつけてくれている間に、シリンはマヤと祖母にルスタムの一件を話した。

一族の者にルスタムのことをどう伝えるか、かなり悩んだけれど、事実を粛々と打ち明けるしかなかった。

「まさか、そんな……ルスタムが……？　なんてこと……！」

バティルに戻ろうとしていたシリンがルスタムたちの指図で襲われ、行方知れずだった娘たちも彼らによって捕らわれていたことを聞いたマヤは青褪めた。祖母は無言だが、苦い顔をしている。

すでに確保されたルスタムとリシャドはこれから、朱国の官吏立ち合いのもと、正しく裁かれるはずだ。だが、万が一にも抜け出したり、誰かに依頼できるような機会を得れば、仇《かたき》であるシリンの家族は間違いなく標的にされるだろう。

玉瓏《ユーロン》に命じられたカリムが、いつまでここにいて、家族を守ってくれるのかわからない。

一族の者の罪を伝えるのは辛かったが、もし、何も知らずにいれば、家族は危険に気づくことができない。だから、シリンはどうしても、身内であるルスタムの行いをなかったことにするわけにはいかなかった。

日暮れが近づいたので、その日は一晩、草原のユルトにとどまることになった。

二大国のうちの一つである朱国の皇弟殿下一行の訪れに加え、一度は死んだかと思われたシリンの無事の帰還だ。本来なら一族の者皆に知らせて、盛大に歓迎の宴を催すべきところだ。

しかし、今回は込み入った事情もあり、その日は、シリンたちが来たことは一族の他の者たちには知らせないよう頼み、シリンの家族だけと過ごすことになった。

日が残っているうちにと、シリンは玉瓏《ユーロン》の部下たちの手を借りて、予備のユルトを一つ組み立てた。今、ユルトは三つ立っていて、祖母が一つを、マヤとナランがもう一つを、そしてカリムが残りの一つを使っているらしい。玉瓏《ユーロン》の部下たちには簡易な天幕の用意もあったが、草原には時折狼がやってくる。天幕では危険なので、今夜は家族は祖母のユルトで寝て、四つのユルトのうちの三つを、玉瓏《ユーロン》と部下たちで使ってもらうことにした。

現実的に考えると、カリムがマヤたちのユルトで休むのは外聞が良くないので、朱国兵のユルトで寝てもらうのがいいだろう。自分は狭いが祖母のユルトの隅で休ませてもらえばいいと考えながら、シリンはユルトの中に人数分の寝床を整える。

草原では、水は貴重品だが、幸い、今の遊牧地にはそう遠くない場所に井戸《カレーズ》があり、その水を沸かして、体を拭くのに使ってもらった。

夕食は、マヤと祖母が急いで作ってくれた料理を皆で囲むことになった。

街育ちだというカリムにやり方を教え、ナランに手伝ってもらいながら、シリンは手早く羊を一頭捌いた。羊肉の揚げ物や腸詰め、羊のスープ、肉を小麦粉で作った皮に包んで蒸し焼きにしたものなど、羊一頭を余すところなく使い、マヤと祖母が腕を振るってくれた。

「さあ、お好きなだけ召し上がれ」

客が来たときしか出ない羊料理のご馳走を、ナランと手分けして二つの敷物の上に運ぶ。皿に山盛りにのせて、玉瓏《ユーロン》たちに振る舞った。料理は明日、一族の他の者たちのところにも届ける分までたっぷりとある。

久し振りの故郷の味が懐かしくて、シリンはホッとした。玉瓏《ユーロン》の部下たちは出した大量の料理を綺麗に平らげ、意外なことに玉瓏《ユーロン》も「素朴な味で美味だ」と褒めて、スープはお代わりまでしてくれた。朱国の皇族である彼に褒められて、マヤたちは誇らしげだった。

「朱国の人は、みんな玉瓏《ユーロン》さまたちのように髪が長いの？」

ナランは朱国に興味津々で、玉瓏《ユーロン》に話をせがんだ。

「そうだな。我が国の者は男も女も、だいたいが長髪だ。特に貴族の女性は、長く艶やかな髪を誇りにしている」

楽しそうに話すナランたちを横目に、マヤも朱国ではどんなふうに暮らしていたのかとシリンに話を聞きたがった。シリンも不在の間の草原での話を教えてもらい、新たに生まれた仔羊の話や、体調が悪かった馬が良くなってきた話を聞き、空白を埋めた。

話は尽きなかったが、食事が終わると、高齢の祖母は早々に自らのユルトに戻った。祖母を送っていってから戻ってきたシリンは、玉瓏《ユーロン》と何か話し込んでいる様子のナランが、どうやら眠いのを我慢しているようだと気づいた。

草原の朝は早いし、いつもはもうすっかり眠っている時間だ。その上思わぬ来客ではしゃいだから、疲れたのだろう。

「――大変馳走になった。そろそろ休むことにする」

シリンがナランを見ていることに目ざとく気づいたらしい玉瓏《ユーロン》が、何か言う前に声をかけてくれた。彼はナランの肩に触れて頷く。

「今日はもう遅い。剣の稽古は明日の朝やろう」

「ぜったいだよ？」

いつの間にか玉瓏《ユーロン》にまで剣の稽古をつけてもらうことになったらしいナランは、約束に眠そうな顔をパッと輝かせる。

立ち上がった玉瓏《ユーロン》に「僕はあとから行きます」と言って、シリンは食器の片付けを手伝う。

「いいのよ、シリン。片付けなら私がやるから」

「突然戻ってきて世話をかけたんだから、せめてこれくらいはさせてよ」

慌てて止めるマヤにそう頼む。何度か断ったあと、恐縮しながらも彼女は受け入れ、一緒に片付けを始めた。手早く皿の汚れを拭き取りながら、マヤはそばに寄ってきた息子に「ナラン、ありがとうね。でも、今夜は手伝いはいいわ。そろそろ寝る時間よ」と促す。

まだ眠らないと駄々を捏ねるかと思ったナランは、シリンと、それからユルトをあとにする玉瓏《ユーロン》の背中をちらりと見る。しかし、眠気のほうが勝ったのか、母とシリンにおやすみの挨拶を言うと、大人しく寝台に入った。

「手伝ってくれてありがとう、助かったわ」

片付けが一通り済むと、礼を言ってから、ふとマヤが真面目な顔になった。

「――シリン。このまま、ここに残ってくれるんでしょう?」

「マヤ」

マヤがそっと手を伸ばしてシリンの頬に触れる。彼女は自分よりも背が伸びた義息子を見つめて、目を潤ませた。

「こんなにやつれて……無事で戻ってくれて、本当に良かった。アラゾフに嫁げば、ともかく衣食住は保証されるのだからと思って黙っていたのに、毒矢で命が危うくなって、異国に連れていかれて、それから誘拐されたなんて……心配でたまらないわ。もうアラゾフに嫁ぐ必要も義理もなくなったし、ここに戻っても誰も文句なんて言わない。きっと皆歓迎してくれる。だから、これまでのようにまた皆で暮らしていきましょうよ」

そう言われて、シリンは悩んだ。言うべきか言わないべきか悩んだけれど、育ててくれたマヤに黙っておくのは躊躇われて、正直に伝える。

「マヤ……僕、実は玉瓏《ユーロン》さまの愛妾になったんだ」

「え……!?」

予想外のことだったのだろう、マヤは目を瞠った。


マヤと話し終えたシリンは、眠ってしまったナランを抱き、マヤとともに祖母のユルトに送り届ける。

すっかり日が落ちた夜空の下、それぞれのユルトから少し離れたところに、暖を取るための小さな焚き火が燃えているのが見える。

火を囲んで、玉瓏《ユーロン》と彼の部下、そしてカリムの三人が座り、何か話し込んでいるようだ。

ゆっくりとシリンが近づくと、気づいたカリムと玉蓮の部下が、示し合わせたように立ち上がる。

「では、今夜はこれで失礼いたします」とカリムが言い、部下のほうは「街側に見張りを立てておきますので」と頭を下げて、玉瓏《ユーロン》に挨拶をしている。すれ違い際、シリンにも「おやすみなさい」と頭を下げて、彼らはそれぞれのユルトのほうに戻っていった。

(話の邪魔をしてしまっただろうか……)

「――シリン」

シリンがすまなさを感じていると、玉瓏《ユーロン》が声をかけてきた。手招きしてそばに来るよう促される。

躊躇いながら近づいたシリンは、先ほど彼の部下が座っていた場所に腰を下ろす。

故郷の草原に玉瓏《ユーロン》がいるなんて、なんだか不思議な気持ちだ。

「朝から働き詰めで疲れただろう」と労りの言葉をかけられ、いいえと言って首を横に振る。

やっと落ち着いてみると、確かに目まぐるしいほどに慌ただしい一日だったが、家族の無事をこの目で確認できて、心は穏やかだ。

「玉瓏《ユーロン》さま……勝手をして、すみませんでした」

シリンは改めて、勝手に飛び出てきた自分の愚かな行動を詫びた。玉瓏《ユーロン》は苦笑いを浮かべて言う。

「事情があったとはいえ、私が宮に戻れなかったせいもあるのだから、お前を責めることはできないな」

とはいえ、今回の行動はあまりに無謀すぎたこと、次に何かあれば、動く前に必ず自分に知らせを寄越してほしい、と言い含められた。

わざわざディルバルまで追ってきて救い出してくれた上に、少しも怒らない玉瓏《ユーロン》の優しさに感謝し、シリンは身を縮めてはいと素直に頷いた。

「……お前が宮城を出たと知ったとき、動揺のあまり、思わず私は使用人に対し、声を荒らげてしまった。使用人が手引きをしたわけではないとわかってあとで謝罪したが、玉祥《ユーシャン》も驚いたのだろう。『手伝ったのはぼくだから、どうかシリンを怒らないでほしい』と涙ながらに頼まれた……あの子はきっと、今もお前のことをとても心配しているはずだ」

「玉祥《ユーシャン》さまが……」

決意を秘めた目で送り出してくれた玉祥《ユーシャン》の顔が思い出されて、シリンは胸が痛くなった。

玉瓏《ユーロン》が「ともかく、こうしてお前と無事に会えたことについては、すでに使者を送ってある。玉祥《ユーシャン》も安心するだろう」と言い、シリンはこくこくと頷く。

玉祥《ユーシャン》は今どうしているだろう？　行儀が良くてお利口だが、その実とても寂しがり屋なあの子が、シリンも玉瓏《ユーロン》もいない宮でひっそりと一人食事をとっているのかと思うと、すまない気持ちになる。本当なら、数日に一度でも一緒に夕食をとってくれる叔父が、今こうして遥か遠くの草原にいるのは、自分のせいなのだ。

玉祥《ユーシャン》がシリンのために、宮城を出る手助けとなる手紙を書いてくれたことは、すぐに玉瓏《ユーロン》の耳にも入ったようだ。

「門番たちには、私の許可なくお前を外に出さないようにと重々命じてあった。だが、皇子である玉祥《ユーシャン》の印が捺された『シリンに買い物を頼んだから、門を開けるように』という手紙を見て、どちらを優先すべきか彼らも迷ったのだろうな。ああ、心配しなくていい。指示系統の混乱はこちらの不手際だ。今後は改めて指示を確認させるように厳命する。門番たちに罰を与えるつもりはない」

不安な目で見たのに気づいたのか、玉瓏《ユーロン》が言い、シリンはホッとした。

会話が途切れ、しばらくの間、シリンは朱国に思いを馳せる。少し小さくなった焚き火に枝を差し込んで炎を熾す。玉瓏《ユーロン》の宮での穏やかな日々が脳裏を過り、無性に玉祥《ユーシャン》に会いたい気持ちになった。

ふいに玉瓏《ユーロン》が懐から何かを取り出す。

彼が布包みを開くと、中には薄い紫色をした見事な彫り込みのある石に、赤の飾り紐をつけたものが出てくる。石は真ん中から二つに分かれる作りになっているようだ。おそらく、朱国で貴族が身に着ける佩玉《はいぎょく》だろう。

「以前、お前に話したいことがあると言ったのを覚えているか？　その際に渡すべきこれを作らせていたから、ずいぶんと遅くなってしまった」

片割れをシリンの手のひらの上に乗せると、玉瓏《ユーロン》は手に残ったもういっぽうに視線を落とす。

「……これは、我が国で将来を誓うときに相手に渡すものだ。二つで一つとなるこれを夫婦となる者がそれぞれ持つ。髪飾りや首飾りなどを贈る場合もあるが、お前は装飾物をあまり欲しがらないので、守護となる石を選び、対の佩玉を誂えさせた」

焚き火に照らされた佩玉は、静かな輝きを放っている。シリンはその美しさに見入った。

佩玉を乗せたシリンの手に、彼は上からそっと手を重ねる。ハッとして手を動かす前に、彼がぎゅっと力を込めてその手を佩玉ごと握ってきた。

「シリン。私は、お前を正妃に迎えたい」

「え……」

驚いて目を向けると、真剣な目をして玉瓏《ユーロン》が続けた。

「本当は、最初からずっとそう言いたかったんだ。玉祥《ユーシャン》は正しかった。お前を追ってディルバルに向かいながら、なぜ愛妾でも構わないなどと言ってしまったのかと、何度も後悔した」

玉瓏《ユーロン》は苦渋の表情で言う。

「シリン、皇族に生まれた私には、兄を支え、手元に引き取った玉祥《ユーシャン》を立派に育て上げるという責務がある。どんなに大切に思っていても、常にお前を優先するという約束はできない」

彼の目が伏せられ、シリンの手を強く握る。

「生まれ育ったこの草原に戻ったほうが、お前は幸せなのかもしれない……だが、私はお前を、どうしても我が朱国に連れて帰りたい。だから……どうか、この佩玉の片割れを受け取ってほしい」

彼は呆然としているシリンの手を握ったまま、その手を持ち上げ、指の関節に愛しげな口付けを落とす。

「兄が帝位に即いたときから、私は兄を支え、私欲を捨てて国のために尽くすことを決めていた。無駄な争いや弱みを作らないために、独身を貫くつもりでもいた。それなのに……お前を兄に奪われるかと思った瞬間に、強い危機感が湧いて、半ば強引に愛妾にしてしまった。更には、お前がいなくなったとわかったとたん、すべての責務を部下に託して国を出てきてしまったんだ」

玉瓏《ユーロン》が伏せていた視線を上げる。

「お前が危険な目に遭うかもしれないと思うと、とても冷静でなどいられなかった……私はもう、お前を愛してしまっていたから」

焚き火の灯りを映して煌めく玉瓏《ユーロン》の赤い目が、まっすぐにシリンを射貫いている。

普段は冷静な彼のありったけの情熱を込めたような告白に、頭がくらくらするのを感じた。

「私は、お前にそばにいてほしい。毎日お前の顔が見たいし、可能な限り情を交わしたい。何もしない夜であっても、毎夜お前と同じ寝床で眠りたい。辛いときにはお前の支えが欲しいし、お前が弱ったときに支えるのは私でありたい。お前を他の誰かに奪われたくない。どうしても、お前が欲しいのだ」

何か言おうとしたとき、シリンの頭をかすめたのは家族の存在だった。

すると、心の中の迷いに敏く気づいたかのように、玉瓏《ユーロン》が意外なことを言い出した。

「お前自身はもちろんのこと、お前の家族にも責任を持つ。家族の安全については心配いらない。先ほどカリムと話したが、頼む前から、彼はここに残りたいと申し出てくれた」

「カリムが……？」

シリンがかすかに目を瞠ると、ああ、と玉瓏《ユーロン》は頷いた。命じられてここにやってきたカリムは、マヤたちと暮らすうち、家族のように迎えてくれた彼らとの暮らしに馴染み、一家の支えになりたいと思うようになったらしい。どうも、マヤに淡い好意を抱いているようだとも聞いて、シリンは驚いた。マヤのほうもカリムをベタ褒めしていたから、もしかすると二人は両想いなのかもしれない。

「カリムに託すだけではなく、マヤたちが生涯暮らしに困らないようにすると約束する。お前の気がかりや願いは、私の財産と手の届く限り、何もかも叶えよう。だから……朱国に帰って、正式に私の妃になるのは、嫌か？」

彼は握り込んだシリンのこぶしに何度も口付けを落としながら言った。

「必ず幸せにする。これまで以上に大切にするし、それから――」

「ま、待ってください」

延々と続く告白をやや遮《さえぎ》るようにしてシリンは言う。

「……さっき、片付けをしているときに、マヤから『また皆で一緒に暮らしましょう』って言われて……」

求婚を断られると誤解したのか、玉瓏《ユーロン》が眉を顰めた。

「違うんです、ええと、その……僕はマヤに『玉瓏《ユーロン》さまについて朱国に戻りたい』と言ったんです」

それを聞いて、シリンの手を握る彼の手がびくっとなった。

「では……」

「は、はい。むしろ、僕のほうからお願いします。どうか僕を連れ帰って、あなたの……本当の妻にしてください」

もしも何も起こらなかったら、彼がどんなに熱心に想いを告げてくれても、まだ悩んでいたかもしれない。けれど、命の危機を経て、自分の中にあった迷いがどこかへ消えた。

好きな人が、今この瞬間自分を見つめ、必要としてくれている。

ただ、その気持ちが素直に嬉しくて、正直な想いを告げてくれた彼に応えたい、とシリンは強く思った。

「マヤには最初、玉瓏《ユーロン》さまに助けてもらった恩をまだ返していないし、事情があって彼の愛妾になったから、と言ったけれど、彼女には全部お見通しでした。『もう離れたくないくらい、玉瓏《ユーロン》さまをお慕いしているのね』と言われて……自分の気持ちに、気づきました。僕は、これから先にどんな困難が待ち受けていようとも、朱国について帰りたいくらいに、玉瓏《ユーロン》さまを恋い慕っているのだ、と」

信じられないというような表情で玉瓏《ユーロン》がシリンを見つめている。その目が喜色に輝いている。

唐突に恥ずかしくなって、シリンはうつむく。

「本当に、一緒に帰ってくれるのか」と確認されて、熱い頬で何度も頷く。

「マヤは、僕の願いを応援すると言ってくれました」

深くため息を吐く音が聞こえて、背中に腕が回る。シリンは彼の胸に頭ごと抱き込むようにして引き寄せられていた。

「ああ、良かった……どうしたらお前を連れ帰れるかと、ずっと頭を悩ませていた」

彼の言葉に、うつむいたままシリンは目を瞬かせた。おずおずと顔を上げると、こちらを見ていた玉瓏《ユーロン》が小さく口の端を上げる。

「もしお前に求婚を断られたら、私は我が心の半分を、この草原に残していかなければならないところだった」

少し照れたような顔で言う玉瓏《ユーロン》に、シリンは胸がいっぱいになった。

「僕も……もしここに残ったら、ずっと玉瓏《ユーロン》さまのことを忘れられず……一生後悔すると思ったんです」

玉瓏《ユーロン》はひどく嬉しそうな顔で、そうか、と呟く。それから、熱っぽい目をしてシリンを見つめた。

「もちろん、バティル一族のしきたりは守る。いや、たとえしきたりがなかったとしても、天帝にかけて、決してお前以外の妻は迎えないと誓う」

抱き締められ、囁きが耳に吹き込まれる。

「……私が愛するのはお前だけ。シリン、お前ただ一人だけだ」

彼が顔を近づけてきて、シリンは唇を奪われる。

目を閉じる間際、深くなった夜の闇にちりばめられた、宝石のような星空が見えた。

アラゾフ一族に嫁ぐ前夜、絶望の中で見たものと同じはずなのに、まったく違う。愛する玉瓏《ユーロン》に抱き締められながら見る夜空は、信じられないくらい綺麗だ。

星々は、これからどんなことが起きても乗り越えられる気がするほどの希望に満ちて、シリンたちの頭上で輝いていた。

長く情熱的な口付けを解いた玉瓏《ユーロン》が、ふいに身を離す。彼はシリンの背中と膝裏に腕を差し込み、素早く抱き上げた。

「玉瓏《ユーロン》さま、僕は、あ、歩けます！」

慌てて訴えたが、聞いてはもらえない。横抱きにしたシリンをユルトに連れていきながら、玉瓏《ユーロン》が足を止める。少し離れたところで、すべてのユルトが見える位置に立ち、不寝番をしている部下に声をかけた。

「私たちもそろそろ休む。焚き火の番を頼む」

承知しました、という返事が聞こえた。不寝番には、玉瓏《ユーロン》が自分を抱いてこのユルトに入るところが見えただろう。羞恥を感じたけれど、玉瓏《ユーロン》はまったく意に介さず堂々としている。

ユルトの前まで来ると、シリンは慌てて手を伸ばし、扉を押し開けた。

ありがとう、と言い、中に足を踏み入れた彼が、背中で扉を閉める。

頑丈な骨組みと布できっちりと覆われ、絨毯が敷かれたユルトの中は、ストーブを点けなくとも暖かい。中央に据えられた卓の上には火の灯されたランプが置かれていて、辺りをほのかに照らしている。

今はカリムが使っているというこのユルトは、以前はシリンが使っていたものだ。処分されるかと思った寝台や椅子などもそのままらしく、どれも見覚えがある。

　ユルト内は、今夜シリンたちが世話になるとわかってから、マヤが急いで新しい敷布をかけ、寝台を整えてくれている。

　奥に足を進めた玉瓏《ユーロン》が、木造りの寝台の上にシリンをそっと下ろす。寝台に膝で乗り上げた彼は、仰向けになったシリンの上にゆっくりと伸しかかってくる。

　項に手を差し込まれ、口付けられそうになったとき、ハッとしてシリンは我に返った。

「あっ、あの」

「どうした？」

「僕、ちょっと体を拭いてきます……すぐに戻りますから、少しだけ待っていてくださいませんか」

「なんだ、そんなことか。このままで構わない」

　あっさりと言い、玉瓏《ユーロン》はまた行為を続けようとする。

　愕然として、シリンはその肩を慌てて止めようとした。

「だ、駄目です。今日はまだ、体を拭いていないんです」

　草原には風呂がない。遊牧地の近くに川があるときは水浴びをしたり、髪を洗ったりもできるものの、ほとんどの場合、数日に一度、体を拭くだけで済ませるしかない。

　玉瓏《ユーロン》たちは客人なので、先ほど、夕食の前に湯を沸かして、体を拭くのに使ってもらった。

しかし、その間、マヤたちの手伝いをしていたシリンは、湯を使う暇がなかったのだ。最後に体を拭いたのは、ディルバルに着く前夜だ。

食事が済んだら、休む前に湯を沸かそうと思っていたが、まさかその前に玉瓏《ユーロン》とこんなふうに寝床に入ることになるなんて思ってもいなかったのだ。

草原は空気が乾燥しているからか、あまり汗をかくことはない。けれど、好きな相手と――ましてや、玉瓏《ユーロン》のような高貴な人と体を重ねるのに、汚れた身のままでは無礼すぎる。

必死で少し待ってほしいと頼むシリンの切実さがようやく伝わったのか、玉瓏《ユーロン》が困り顔で身を起こす。

「私はこのままでもいっこうに構わないが、そんなに気になるか」

シリンはこくこくと頷く。朱国はそこここに湖や川があり、水源が豊富な国だ。彼の宮には専用の湯殿もあって、贅沢にも毎夜、湯を浴びさせてもらえるのが普通だった。玉瓏《ユーロン》の体や衣服からはいつも香のいい香りが漂っていた。そんな彼に、今の何日も体を拭いていない自分が身を委ねるのには強い恥じらいがあった。

玉瓏《ユーロン》は苦笑してシリンの頰を撫でた。

「そんな顔をされては敵わない。先ほど、なんでも願いを叶えると言った手前、お前の希望をかったことにはできそうもないな……わかった。では、寝台から降りずに少し待っていろ」

いいな？　と言い聞かされて、わけがわからないままシリンは頷く。シリンの額に口付けを落とし、玉瓏《ユーロン》が部屋を出ていく。

それほど経たずに戻ってきた彼は、手に湯の入った桶を持ち、清潔そうな布を腕にかけている。

まさか、わざわざ外の焚き火で沸かしてきてくれたのだろうか、とシリンは驚いた。

「待たせたな」

「い、いいいえ」

「ちょうど、不寝番が茶を淹れるために火を熾していたから、沸いた湯を分けてもらってきた」

玉瓏《ユーロン》はそう言って微笑み、寝台のそばにある卓の上に桶を置く。

「あ、ありがとうございます、わざわざすみません」

玉瓏《ユーロン》は構わないと言って、恐縮するシリンの隣に腰を下ろした。それから彼は、なぜかシリンの衣服の襟元に手をかける。

「あの……玉瓏《ユーロン》さま？」

腰紐を解かれて戸惑っていると、彼が口の端を上げた。

「体を拭きたいと言っただろう？　私が綺麗にしてやる」

「え……!?　い、いいいえ、そんな、自分でできます……！」

困惑して言うと、手を取られ、手首の内側に口付けられる。

どきっとした瞬間、玉瓏《ユーロン》が「抗《あらが》うな」と囁いた。

「一つお前の願いを聞いたのだから、私の願いも聞いてくれ。もうひとときも待てないというのに、湯を沸かさせ、体を拭く時間まで焦らされているのだぞ？　その分、せめてこれくらいはさせてほしい」

やむを得ない願いとはいえ、確かに自分の我が儘で、シリンは彼を待たせている。

そう言われては拒むわけにもいかず、大人しく玉瓏《ユーロン》の手に任せるしかなくなった。

いい子だ、と囁いた彼がシリンの帯を解く。上衣の前を開けて脱がされた。中衣の前も開けられて、胸元があらわになる。

玉瓏《ユーロン》は腕まくりをすると、卓の上に置いた桶に布を浸し、軽く絞る。

その布で、彼は向かい合わせに座らせたシリンの体を丁寧に拭き始めた。

ほのかに温かく湿った布で、耳の後ろから首筋、鎖骨と、玉瓏《ユーロン》はまるで宝物でも磨くみたいに丁寧に清めていく。

「さあ、綺麗になったぞ」

拭き終わった首筋に玉瓏《ユーロン》が顔を寄せ、熱い唇が触れた。

「ん……」

肩からするりと中衣を落とされる。何も身に着けていないシリンの上半身を、肩、腕、手、指と拭いていきながら、玉瓏《ユーロン》は肌のあちこちに口付けを落とす。唇で触れるだけではなく、優しく啄むようにしたり、そっと舌を這わせたりもする。そう強い刺激ではないはずなのに、そのたびに淡い疼きが背筋を走り、シリンの体にどんどん熱が溜まっていく。

（……まさか、体じゅう……？）

体を綺麗にしたいという願いを叶えてもらった手前、抵抗できない。されるがままになりながらも、羞恥と混乱でシリンは激しく動揺していた。

ゆっくりと寝台に押し倒したシリンを、玉瓏《ユーロン》がじっと見下ろしてくる。ランプの薄暗い灯りに照らされた美しい容貌が、どこか焦れたような目をしてこちらを見つめている。

「……お前が本物の愛妾である、と兄に信じさせるために、お前の寝床に入り、睦事の芝居をした夜……私が何を考えていたか、わかるか？」

衝撃的だったあの夜のことを思い出して顔が熱くなる。シリンは「いいえ」と言って首を横に振った。

「睦事の芝居をあっさり受け入れたお前が、まさかと思うほど初々《ういうい》しく困りきった反応を見せるのに眩暈がした。あのままお前を本当に我が物にしてしまいたいという衝動を抑え込むのに必死だった」

玉瓏《ユーロン》がそんなことを考えていたとは思わず、シリンは驚く。

少し照れたように笑うと、彼はまた布を湯に浸して絞り、再びシリンの体を清め始めた。

「愛らしい乳首だ……以前は布越しにしか見られなかったが……こんなにも初々しい色をしていたのだな」

感嘆するように言いながら、彼はシリンの胸元を恭しい手つきで拭う。

「あっ……」

丁寧に乳首を擦られて、体がびくっと震えるたび、いっそう念入りに擦られてしまう。執拗《しつよう》なほどじっくりと乳首を擦ってから、玉瓏《ユーロン》は顔を伏せ、そこにも唇を触れさせた。

「ん、ぅ……っ」

ちゅっと音を立てて口付けられ、シリンの口から思わず声が漏れる。

もういっぽうの尖《とが》りを指で弄りながら、彼が囁く。

「皇子として生まれ、今は皇弟である私が望めば、朱国では身を差し出さない者などいない。けれど、色恋に興味が湧かず、これまで誰のことも欲しいと思ったことなどなかったのに……突然現れて、予想外の行動ばかりするお前に、私はあっという間に心を捕らわれてしまった」

ふと動きを止めて、彼がシリンと視線を合わせた。

「いつもきりりとして媚《こ》びることのない黄金色の目が、興奮に潤んでいる」

身を起こした彼が、シリンの目元に口付け、それから唇を吸う。

「ん……ふ、ぅ……っ」

大きな手で両頬を包まれ、抗えない状態で口付けられる。唇の間から彼の舌が入り込んできて、熱い舌を呑み込まされた。歯列をなぞられ、口蓋を擦られて、ぶるっと体が震える。

今、玉瓏《ユーロン》はシリンのことしか考えていないとわかる。いつも落ち着き払っている彼の想いが口付けを通して伝わってくる。初めて恋をした相手に熱烈に求められて、とても冷静ではいられない。

濃厚な接吻で、言葉で告げられるよりも深く、玉瓏《ユーロン》の気持ちを理解させられ、シリンの体はいっそう熱くなっていく。

玉瓏《ユーロン》は口付けを解くと、また首筋から胸へと唇をずらし、すっかり尖ってしまったシリンの乳首にねっとりと舌を這わせる。

「は……、ぅ……っ」

敏感な胸を散々可愛がられたあと、下衣の腰紐を解かれて、引き下ろされた。

「あっ」

羞恥から反射的に手が動き、性器を覆おうとする。けれど「隠してはならない」と彼に言われ、その手を掴まれて敷布に押しつけられてしまった。

玉瓏《ユーロン》は、何も身に着けていないシリンの下腹から腰にかけてを、いっそう丁寧に拭い始める。へそ、腿《もも》、脚の付け根とじっくりと布で擦り、また口付けを落としていく。

まったく衣服を乱していない彼に体じゅうを撫で回すように拭かれて、それだけではなく、どこもかしこも唇で啄まれ、舌で辿られてしまう。

(信じられない……玉瓏《ユーロン》さまに、こんなことをさせてしまった……)

体を拭きたいなどと駄々を捏ねず、大人しく身を委ねておけばよかったとシリンは泣きたくなった。

「ああ、もうこんなに高ぶっていたのだな……」

かすかに上ずった声で言い、彼がシリンの性器をそっと布で包む。優しく拭われて、自分のそこが彼に触れられて半勃ちしていたことに気づかされた。

「あ……、ん……っ」

丁寧な手つきで、茎も小ぶりな双球も綺麗にされ、息が詰まったようになる。充血した敏感な場所を濡れた布で擦られるむず痒《がゆ》い刺激に、シリンは身悶えた。

更には尻の狭間まで綺麗に拭われて、思わず腰を捩《よじ》る。「済んだぞ」と囁かれて、腰骨に口付けてから、やっと彼が身を起こす。

玉瓏《ユーロン》が桶に布をかけ、そのそばに手を伸ばす。彼の手の中にあるのは、睦事のふりをしたあの夜に使ったのと似た瓶だ。

どうやら香油の瓶らしいとわかり、シリンは顔が熱くなるのを感じた。

裸の脚を片方持ち上げられて、性器も蕾もすべてが彼の目に見える恥ずかしい体勢を取らされる。

「少し我慢してくれ」

身を倒し、シリンのこめかみに口付けてから、玉瓏《ユーロン》が香油の瓶を開ける。

香油で濡れた指が後ろに触れ、シリンの後孔にぬるりとしたものが塗りつけられる。

「……っ」

滴《したた》るほど濡らされたそこに、ゆっくりと指が押し込まれる。

玉瓏《ユーロン》の手はシリンより大きい。呑み込まされた優美で長い指は、香油の滑りを伴い、奥まで入ってくる。シリンは身を強張らせた。

「ひ……、あ、あっ」

二本に増やされた指でぐるりと中をかき回され、シリンは息を呑む。しばらく慣らしたあと、一度抜かれた指は、更に香油を纏わせて再び押し込まれる。

それから、彼は丹念にシリンの中を奥まで解した。

「っ……、んっ」

差し込まれた玉瓏《ユーロン》の指が内部の腹側にある一点を刺激するたび、息が止まりそうなほど下腹が熱くなった。中を異物で押し広げられることは気持ちが悪いのに、身震いするほど快感が過ることもあって、その落差に混乱する。

その場所をぐりぐりされると、嬌声《きようせい》が漏れてしまいそうで、シリンは声を堪えるのに必死だった。いつの間にか、中を拓《ひら》く指は三本にまで増やされ、ぐちゅぐちゅと淫らな音を立てて出し入れされて、頭の中が真っ白になる。下唇を噛み、シリンは漏れそうな喘ぎ声を押し殺す。

片脚の膝裏を抱えて、強烈な違和感に耐えていると、ようやく指が抜かれる。

「足はあとで拭いてやる。すまないが……もう私の我慢も限界だ」

そう言うと、彼は自ら帯を解き、外した剣を桶のそばに置く。シリンから服を脱がしたときの丁重な仕草とは異なり、荒々しく上衣を脱ぎ捨てた。

これまでは「夜伽《よとぎ》のふり」をしたときに、少しはだけた胸元を服の合わせ目から覗き見ただけだった。

一緒の寝台で眠ってはいたが、睦事のふりをしたのは一度きりで、裸体を見るような機会もなかった。

ランプの灯りに照らされた玉瓏《ユーロン》の体は、一見女性的にも見える美貌からは想像できないほどしっかりと鍛え上げられていた。

道理でシリンを軽々と抱き上げられるはずだ。無駄な肉はわずかもなく、腕も腹も引き締まり、彼が決して後方で指示を出すだけの軍師ではないことがわかる。

(綺麗……)

草原育ちのシリンよりも色が白く、しなやかな美しい肉体に、思わずぼうっと見惚《みほ》れてしまう。

宝石も冠も着けてはいなくても、彼には皇族の高貴な血が流れているのを感じる。

にわかに、シリンは彼の前で肌を晒していることが恥ずかしくなった。

「どうした?」

「いいえ……その、あまりに、玉瓏《ユーロン》さまが、お綺麗なので……」

もじもじしながら正直な気持ちを伝えると、呆気にとられたように彼が目を丸くし、それからフッと笑った。

「お前が気に入ったのなら幸いだが……私には、お前のほうがずっと美しく見える」

何を言っているのかと思ったけれど、玉瓏《ユーロン》は真顔だった。

「初めて出会ったとき、深紅の花嫁衣装に身を包んだお前と目が合った瞬間、雷に打たれたかのような衝撃を感じた。それとともに、お前を我が物にする誰かに、初めて、嫉妬にも似た感情が湧いた。そのすぐあとにお前が矢で射られ、自らの気持ちを自覚する間もなかったが……思えば、あの夜から、すでに私はお前に惹かれていたのかもしれない」

彼はシリンの下腹から胸元、首筋へと指を滑らせながら言う。

「日に焼けた肌に、瑞々しい反応を返す引き締まった仔鹿のような体……私のものだとは、まだ信じられない」

感嘆するように言われて、恥じらいを堪えてシリンは彼を見つめた。

「僕のすべては、あなたのものです」

玉瓏《ユーロン》が目を見開き、ぐいと両膝を持ち上げられる。胸につくほど脚を広げさせられて、濡らされた後孔に熱いものが押しつけられる。

挿れるぞ、と囁かれて、先端の膨《ふく》らみがじわじわと中に押し込まれていく。呼吸もできない苦しさで、身を強張らせたシリンの中が、玉瓏《ユーロン》の逞《たくま》しい肉棒で埋め尽くされる。

「う、ぅ……っ！」

ずん、と一思いに最奥まで貫かれて、押し殺したうめき声が漏れた。時間をかけて慣らされたおかげか、あんなに大きなものを呑み込まされても切れずに済んだらしい。

身を倒して伸しかかってきた玉瓏《ユーロン》が、シリンの唇を塞ぐ。舌を搦《から》め捕《と》られてきつく吸われ、同時にゆるゆると腰を動かされ始める。繋がった下肢が立てるぐちゅぐちゅという濡れた音とともに、玉瓏《ユーロン》がシリンの舌を吸い、甘噛みをする。

「んっ、う……っ」

声を出すと、玉瓏《ユーロン》が微笑む気配がして、胸元に手を這わされる。乳首を擦られて、思わずシリンは身をびくつかせた。軽く摘まれ、そっと弄られるだけでも強烈な刺激が背筋を走る。

「そ、それ……、いや……っ」

胸を触られるのを手で拒もうとすると、腰を深く突き上げられて悲鳴のような声が漏れた。

「気持ちがいいのだろう？　拒まずに触れさせてくれ」

そう囁きながら、彼の指が乳首を捏ねてくる。いたずらをするように執拗に摘まれ、指先で押し潰すようにされて、びりびりとした刺激に勝手に腰が跳ねてしまう。

「あっ、あっ！」

尻の奥をずくずくと突かれながら胸を弄られ続けて、どうしようもなく身悶える。そのたびに、自分の限界まで押し広げられた後ろが、きゅっと玉瓏《ユーロン》の高ぶりを食い締めてしまうのが恥ずかしい。

「はぁっ、あ、あ……っ！」

何度もそうされているうち、ふいに心もとない感覚がして、シリンは自分の前が少し蜜を垂らしてしまったことに気づいて動揺した。

香油に媚薬でも入っていたのだろうか。初めてだというのに、彼に貫かれた内部がじんじんして、信じられないくらいに熱い。脚を開いて長大な性器を押し込まれる辛い体勢のはずなのに、汗ばんで触れ合う肌が心地好《よ》く感じ、もっともっと触れてほしくなる。

鍛え上げた雄に伸しかかられ、されるがままになりながら、体がどんどん熱くなっていく。恍惚《こうこつ》として、いつしかシリンは目の前にいる玉瓏《ユーロン》のことしか考えられなくなった。

「あっ、あぅっ、ん、んっ」

次第に荒々しく腰を突き入れられて、恥ずかしい声が漏れる。そうしながら、焦らすように唇を舐めたり耳朶を食んだりする玉瓏《ユーロン》の項に腕を回して、必死でしがみつく。いつしか結んだ彼の髪が解けて垂れ、彼が動くたびにシリンの頰や胸元をくすぐった。

「玉瓏《ユーロン》さま……あ、ああっ！」

最奥まで突き込まれた太く硬い楔《くさび》で、中をぐりぐりと抉《えぐ》られる。下腹が熱くなって、シリンの体が強張る。一瞬気を失ったように意識が遠くなり、気づけば達してしまったらしく、下腹の上がぐっしょりと蜜で濡れている。

絶頂に至ったシリンを離さず、玉瓏《ユーロン》は激しく揺らし続ける。快感の波が引かず、涙を零しながら、シリンは力の入らない腕で彼にしがみついた。

「あぅ……、あ……っ、あ……っ」

突かれるたび、萎えたシリンの性器がたらたらと雫《しずく》を垂らす。苦しいほどの刺激を与え続けられて、息も絶え絶えのまま、陶然《とうぜん》とシリンは彼を見上げた。

「美しくて強いシリン……」

美貌の赤い瞳が、真上からこちらを射貫いている。

「すべて、私のものだ」

絶頂に達して脱力したシリンの体を押さえ込み、玉瓏《ユーロン》が張り詰めた性器を深く突き込む。これ以上ないほど奥まで呑み込ませた彼が、どっと熱いものを吐き出すのを感じる。

玉瓏《ユーロン》の手がシリンの頬を包み、噛みつくように唇を奪う。唾液を絡めるような口付けをされ、おぼろげになっていく意識の中で、シリンは自分が本当に彼のものになったことを実感した。

*

夜が明けてしばらくした頃、シリンたちは馬に乗り、近くで遊牧する別の家族のところを訪れた。会ったのは、一族の中でもナシバに次ぐ位置にいるファリドという名の者だ。

目的は、ファリドに事情を話して仲介してもらい、ルスタムの父、ナシバに、息子が何をしたかを伝えるためだ。

玉瓏《ユーロン》は「ナシバには私が伝えよう」と言ってくれたが、ルスタムが暴走した理由の一つは、自分にもある。たとえシリン自身は何も悪いことはしていないとしても、ルスタムはシリンの幼馴染みで身内の者だ。ならば、辛い立場は自分が負うべきだと思ったのだ。

しかし、申し出に礼を言って断ると、玉瓏《ユーロン》は難しい顔になった。

「だが、ルスタムの父は、息子の罪を一族の者に聞かされるより、外の者から告げられたほうがいくぶんかは楽だろう」

「そう……でしょうか」

自分が責任をとろうと思うばかりで、考えてもいなかったことだった。

「ああ。ナシバは親として責任を取り、一族を離れることになるかもしれない。だが、一族の縁は血の絆だ。切ることは難しい。事実を告げる際にお前が間に入れば、今後も草原で暮らすマヤたちが逆恨みを受けないとも限らない。ナランやマヤのためにも、極力、禍根《かこん》は残さないほうがいい」

だから、自分や、もしくは事件に関わりのない誰かが間に入るのがもっとも良いのではないかと言われ、確かにと頷かざるを得なくなった。

自分が責任を背負うことばかりを考え、家族のこれからの状況まで頭が回らずにいた。玉瓏《ユーロン》の気遣いに感謝し、マヤと祖母に相談した上で、少し離れた場所で遊牧している一族の別の者に力を借りることにしたのだ。

ファリドは数人の部下だけを引き連れた朱国皇弟の玉瓏《ユーロン》が、お忍び的に突然やってきたことに青褪めた。彼は玉瓏《ユーロン》に平服し、シリンの話をすぐに信じてくれた。彼は明日、別の場所で遊牧しているナシバのところに息子の話を伝えに行ってくれることになった。

玉瓏《ユーロン》が部下を二人置いていくので、その後のことは彼らが朱国に持ち帰って報告してくれるはずだ。


「一晩世話になりました。皆、ありがとう」

荷物をまとめたシリンは、見送りに出てきた家族に礼を言う。涙ぐみながらも微笑むマヤと抱き合い、頷く祖母に礼を言って抱きつく。頭を下げるカリムに、くれぐれもよろしくと家族のことを頼んだ。

最後に向かい合った異母弟は、硬い顔をしている。シリンは出発前、ナランと二人の時間を作って、朱国に行くことを説明した。どうして？　と何度も問い質されたが、まだ子供のナランに自分の気持ちを説明するのが難しくて困り果て、「僕はもう一族を出た身だから」と言うことしかできなかった。

「……シリン、行かないで」

ナランが必死な表情でシリンの服を摑み、頼んできた。

一度目に嫁いだときは、わけがわからないまま自分は帰ってこなくなった。二度目の今は、もうきっと帰ってこないということがよくわかっているからだろう。切実な願いをぶつけられ、シリンは胸が痛くなった。

異母弟の前にしゃがみ込み、目線を合わせる。

「ナラン。これからは、カリムが一緒に暮らしてくれる。だから、僕がいなくても、何も心配することはないんだよ。もし何か困ったことがあったら、使者に手紙を託してくれればいつでも必ず力になるから」

しかし、そう説明しても、ナランは納得しなかった。

「シリンがいないと、羊たちの世話だって大変だし、具合が悪いのもぼくじゃすぐにわかってあげられない。それに……かあさまもばあさまも、本当はみんな寂しがってるんだよ」

目を潤ませたナランの寂しさが伝わってくる。

「……ごめんね、ナラン」

どう言っていいのかわからず、結局シリンは正直に胸の内を話すことしかできなかった。

「僕……玉瓏《ユーロン》さまを好きになってしまったんだ。だから、朱国で、彼と一緒に生きていきたい」

そう言うと、ナランは大きな目をいっそう潤ませた。

ずっとそばで成長を見守ってやりたかったけれど、自分の体はひとつしかない。

それに——カリムが残ってくれて、ナランが成長すれば、状況は大きく変わる。

もう数年したら、弟も成長して嫁取りを考えるような年になる。たとえ今残る選択をしたところで、草原に残って年を取れば、最終的に自分は弟の結婚の厄介者になってしまう。

だから、今は辛くとも、これは皆にとっての最良の決断なのだ。

すべて聞こえているはずだが、玉瓏《ユーロン》は黙ったまま、シリンと弟のやり取りを見守ってくれてる。

泣くのを堪え、目元をごしごしと擦った弟は、「わかった」と呟くと、泣き笑いみたいな笑みを浮かべた。

「カリムがいてくれるなら、安心だね。かあさまたちはぼくが守るから、心配しないで」

「……ありがとう、ナラン」

無理にも笑顔を見せてくれる弟がいじらしい。たまらない気持ちになって、シリンはナランを最後に強く抱き締めた。

シリンが家族との別れの挨拶を終えると、玉瓏《ユーロン》も彼らに声をかけた。

「丁寧なもてなしに感謝する。祖母どの、マヤ、ナランも、いつでも朱国に来てほしい。シリンの家族は私の家族も同然だ。皇帝である兄も歓迎するだろう」

部下たちもシリンの家族に礼を言ってくれて、それぞれが自分の馬に乗る。

シリンが草原をあとにするのは、これで二度目だ。

一度目は義務を背負い、もう二度と戻れないのだと重たい気持ちで嫁いだ。

しかし今は、愛する者とともに、自分の意思でこの地を離れる。会いたくなれば、いつでも会いに来てもらえるし、自分も会いに来られる。

必ずまた会えるはずだと信じて、シリンは鐙に足を掛け、ナフィーサの背に飛び乗った。

「行ってきます」

寂しさを呑み込み、せいいっぱいの笑顔を作って、家族に別れを告げる。

「――さあ、いざ朱国へ。玉祥《ユーシャン》が今か今かとお前の帰りを待ち侘《わ》びているはずだ」

愛馬に跨《また》がった玉瓏《ユーロン》が、こちらを振り向く。彼の斜め後ろにいるシリンも馬上で頷いた。

二人の帯には、二つに分かれた対の佩玉がそれぞれ下げられている。

シリンが玉瓏《ユーロン》の正妃になり、シリンがこれからずっと朱国で暮らすと知ったときの玉祥《ユーシャン》の喜びようが、目に浮かぶようだった。

――その後、二週間ほどかけて、朱国皇弟率いる一行は、朱国宮城に無事帰還した。

四頭の騎馬が前を進み、玉祥《ユーシャン》とシリンの馬が続く。宮城が見えてホッとしたシリンの視界に、門の前に立つ二つの人影が映った。

「玉祥《ユーシャン》さま？」

先触れの使者は送ったものの、到着の時間までは伝えていない。

いったいいつからそこにいたのだろう。世話係とともに門の前に立っていた玉祥《ユーシャン》は、馬上の玉瓏《ユーロン》とシリンを見つけると、その場で居ても立っても居られない様子で足踏みをし始める。待ちきれなくなったらしく、世話係の手を振り切って、こちらに向けて駆け出した。

「一行、止まれ！」

甥に気づいた玉瓏《ユーロン》が、慌てて軍勢の足を止めさせる。

普段なら、賢い玉祥《ユーシャン》は騎馬の者に駆け寄ることなど決してしないはずだ。

「叔父上――シリン！」

二人を呼びながら、転げそうな勢いで駆けてくる玉祥《ユーシャン》の顔は、すでに涙でぐしゃぐしゃになっている。

ナフィーサの背から降りると、シリンも駆け出して、その場に膝を突き、玉祥《ユーシャン》を抱き止めた。

全力でしがみついてくる玉祥《ユーシャン》が、どんなに自分を心配し、小さな胸を痛めていたのかが伝わってくる。目が潤むのを堪えきれなくなり、シリンは玉祥《ユーシャン》の体をそっと抱き締めた。

「ごめんね、玉祥《ユーシャン》さま……帰ってきたよ」

大泣きして腕の中に飛び込んできた玉祥《ユーシャン》の腕には、宮城を出る前に預けたマヤの腕輪がしっかりと結ばれている。

馬を降りた玉瓏《ユーロン》がそばに来て、やれやれといった様子で、シリンにしがみついたままの玉祥《ユーシャン》の頭をくしゃくしゃと撫でる。本当は危ないだろうと厳しくお小言を言いたいところなのだろうが、今は堪えてくれたようだとわかり、シリンは思わず微笑んだ。

「もう、どこにも行かないから」

シリンは嗚咽する玉祥《ユーシャン》に囁く。

「……ほんとうに？」

玉祥《ユーシャン》が涙に濡れた顔をおずおずと上げる。玉祥《ユーシャン》の顔を見ると、シリンはホッとした。うん、と頷きながら、懐から出した布で涙を拭ってやっていると、玉瓏《ユーロン》が「本当だとも」と言った。

「シリンを私の正妃として迎える。唯一の妻として生涯をともにし、同じ墓に入る」

まるで周囲に言い聞かせるように、玉瓏《ユーロン》は高らかに宣言する。聞こえたらしく、迎えに出てきた使用人たちと、同行の部下たちがわっと声を上げた。

叔父の言葉を聞いた玉祥《ユーシャン》も、涙に濡れた目を輝かせる。

――これまで予想したこともなかった、新たな人生が始まる。

宮城での生活は、草原での暮らしに比べて、豊かではあっても決してたやすくも気楽でもないとわかっている。だが、彼と一緒なら必ず乗り越えていけるはずだ。

これからは、ささやかながらも玉瓏《ユーロン》を支え、玉祥《ユーシャン》の力になってやりたい。

「ほら、もう泣きやめ。ディルバルでたくさん土産を買ってきたぞ」

そう言いながら、シリンの膝から軽々と片手で玉祥《ユーシャン》を抱き上げた玉瓏《ユーロン》が、笑みを浮かべてこちらに手を差し伸べてくる。

シリンも自然と笑顔になり、彼の手を摑むと立ち上がった。

＊

「——玉瓏《ユーロン》さま」

シリンが声をかけると、一人で卓に向かい、何か書き物をしていた玉瓏《ユーロン》が顔を上げた。

婚礼の夜、宴の席からいったん席を外したシリンが夫婦の部屋に戻ったのは、日付が変わって間もなくのことだった。

「申し訳ありません、大変遅くなりました」

卓のそばまで行って、シリンは膝を突く。

「いや、構わない。玉祥《ユーシャン》の様子はどうだ？」

「薬湯が効いたようです。熱もだいぶ引いて、ぐっすり眠っています」

気心の知れた世話係があとを引き受けてくれたので、明日の朝また様子を見に行くと説明する。

——二人が草原から戻ってから半年後の今日。朱国皇弟、玉瓏《ユーロン》の婚礼が盛大に行われた。

皇帝から深い信頼を預けられている弟殿下の婚礼の宴は、料理も催しもそれは豪奢なものだった。

国中から貴族と官吏たちが招かれて、平民にも祝いの菓子が振る舞われ、あらゆる者が二人の未来を祝福した。

仕立職人の手で贅沢に誂えられた朱国伝統の赤い花嫁衣装に身を包んだシリンは、対となる花婿の衣装を着た玉瓏《ユーロン》とともに、夕刻までは宴に参加して祝いの杯を受けていた。

――しかし、日が暮れて宴もたけなわになった頃、使用人がそっとシリンに知らせに来た。

「玉祥様《ユーシャン》がお熱を出されて、先ほどお部屋に戻られました」

少し前まで、近くの席でにこにこしながら料理を食べていた玉祥《ユーシャン》の姿は、確かに見当たらない。

最初は使用人に様子を聞くだけで来客の応対をしていたシリンだったが、熱が高くなってきたと聞き、気になって宴の席をそっと中座して、宮に戻ったのだった。

その後、結局玉祥《ユーシャン》のそばを離れられず、そのまま宴が終わってしまったことをシリンは玉瓏《ユーロン》に謝罪した。

「玉祥《ユーシャン》さまは、何度も『ぼくはだいじょうぶですから、お祝いの席にもどってください』と言っていたのですが、僕がどうしても気になって」

「構わない。もう皆酔っていたし、お前の美しい花嫁姿もじゅうぶん堪能した頃だったから。それに、皇子の看病のためだと言えば、文句を言う者などいない」

宴の間にいた玉瓏《ユーロン》は、何度か彼の宮に使用人を寄越し、玉祥《ユーシャン》の様子を訊ねたり、薬湯の処方を頼んだりしてくれていた。

筆を置いて、彼は口の端を上げた。

「朝も元気にしていたから、おそらく初めての盛大な宴で興奮したせいだろうな。だが、お前がそばについていてくれれば、玉祥《ユーシャン》も安心だっただろう。今日は珍しくはしゃいでいたからな……

お前がこの国の人間になるのが、よほど嬉しかったのだろうな」

シリンも微笑む。玉祥《ユーシャン》はもしかしたら、シリン以上にこの日を楽しみにしていてくれたかもしれない。

花嫁衣装の採寸や仮縫いのときも、シリンのそばに来て目を輝かせていた。玉祥《ユーシャン》は今日のこの日を、指折り数えて待ち望んでいたようだ。

「……ご用はもういいのですか？」

卓の上にある筆や紙にちらりと目を向けつつ言うと、彼は「ああ」と頷く。

「日記を書いていただけだ。今日のことをあとでも思い出せるように」

そう言うと、彼はシリンに手を差し伸べる。

玉瓏《ユーロン》はすでに夜着を着て、上衣を羽織っている。

自分のほうは玉祥《ユーシャン》のそばについていたため、使用人に冠を外してもらい、帯飾りを取っただけで、まだ儀式のときの花嫁衣装のままだ。

躊躇いながらすぐそばまで近づくと、彼はシリンの手を握った。

「お前が玉祥《ユーシャン》を可愛がってくれるのはとても嬉しい。だから、今夜は朝まで戻らないかもしれないという覚悟はしていた」

鷹揚に言う玉瓏《ユーロン》は、シリンが宴の席を離れたことをわずかも怒ってはいないようだ。

婚儀の夜――つまり今夜は二人にとっての初夜だというのに。

普通に考えれば、平民の妻が初夜に甥の看病をするため自分を放っておいたら、皇弟という身分ではなくともいい気分はしないだろう。

玉祥《ユーシャン》に厳しいようでいて、彼は誰よりも不遇な甥のことを大切に思っているのだ。

「あなたの……そういうところが、とても好きです」

なんと言ったらいいのかわからず、シリンは胸に湧いた気持ちをそのまま口にした。

驚いたように小さく目を瞠った彼は、フッと表情を緩める。

「愛する者に、好ましく思ってもらえるのは幸せなことだな」

彼はシリンの背中に腕を回して自分のほうに引き寄せる。

「だが、私だとて、お前との時間を誰にでも譲れるわけではない。今回は、相手がまだいとけない玉祥《ユーシャン》だったからだ」

膝の上に横向きに載せられて、端正な作りの顔が近づいてきた。

項に手が回され、唇を吸われる。最初から深い口付けをされて、きつく舌を吸われる。

「ん……、んっ」

初夜の不在を寛容に許してくれた彼が、決してシリンを待っていなかったわけではないと、その口付けで理解させられた。

舌が痺れるほど濃厚な口付けをされたあと、ふいに玉瓏《ユーロン》がシリンの腿の裏に手を入れてぐっと抱え上げた。

慌てて彼の肩に摑まると、子供を抱き上げるように担がれて寝室に連れていかれる。

久し振りに入った彼の寝室は、天蓋や敷布がすべて赤いものに替えられている。

いくつもの行灯に灯りが灯され、甘い匂いのする香が鼻孔をくすぐる。

すでに使用人の手で閨の支度がされた室内を見回していると、天蓋布を手でよけた玉瓏《ユーロン》が、シリンをそっと敷布の上に下ろす。

夜着の上衣を脱いで伸しかかってきた彼が、シリンの帯紐に手をかける。帯を解きながら、また性急な仕草で口付けられた。

「あ……」

重ね着をした襦裙を脱がされ、胸元をあらわにされる。

首筋から鎖骨へと唇を這わされ、大きな手で胸元を撫でられて、シリンは小さく身を震わせた。

婚礼前の一か月ほど、玉瓏《ユーロン》はその準備と婚儀前後の宮城の警備など様々な雑務に追われて、まともに自分の宮に戻ってこられたのは数日ほどだった。

その間、ほとんど触れられることのなかったシリンの乳首は淡い色に戻っている。じっと見られると羞恥を覚え、とっさにそこを手で覆う。

「隠すな。ああ、可愛らしい乳首だ……お前のここを見ただけで、勃ってしまった」

どこか悔しそうに呟き、玉瓏《ユーロン》がシリンの手を摑んで甲に口付ける。その手を敷布の上に優しく押さえつけると、彼はシリンの小さな乳首に舌で触れた。

「あ……、あ、ん……、玉瓏《ユーロン》、さま……」

玉瓏《ユーロン》はさも美味いものを味わうかのようにシリンの乳首を舐める。

濡れた熱い舌が敏感な尖りを這い、きつく吸い上げる。

おずおずと視線を向けると、麗しい美貌の男が自分の乳首に口付け、熱心に吸い舐っているのが見える。

いつになく体が熱くなり、無意識に腰を捩ろうとする。すると、逃がさないというようにそこに甘く歯を立てられ、たまらずシリンは背を仰け反らせた。

寝台のそばに置かれた小さな卓から、彼が香油の瓶を取る。仰向けのままぼうっと見ていると、玉瓏《ユーロン》は中身を自らの手に垂らし、シリンの片脚をゆっくりと持ち上げた。

「ん、ん……っ」

後孔に濡れた指が触れて、入り口から中まで香油を塗られる。指が三本入るまで、玉瓏《ユーロン》の長い指で丹念に中を潤わされて、もうじゅうぶんだと言うまでじっくりと慣らされた。

ようやく指が抜かれてホッとすると、玉瓏《ユーロン》が乱れた艶やかな黒髪をかき上げ、夜着の下衣を脱ぎ落とす。

鍛え上げられた彼の体を見上げると、下腹部のモノはすでに腹につきそうなほど滾《たぎ》っている。

「……宮城に戻ってからも、草原での夜のことを何度も思い出していた」

そう言われて、シリンは顔が真っ赤になるのを感じた。

草原のユルトで体を繋いたが、朱国に戻って正妃にすると宣言したあと、玉瓏《ユーロン》は『お前を大切に思っている証しとして、婚儀の夜まで控える』と言い出した。本当にその言葉を実行し、同じ寝台で眠ることはあっても、抱き締めるだけで彼はシリンを抱くことはしなかったのだ。

玉瓏《ユーロン》から赤い目に欲情を滲ませた視線で見下ろされ、緊張と期待で喉がカラカラになるのを感じた。

「お前も思い出すことはあったか……?」

――思い出さないわけがない。

シリンが羞恥を堪えて頷くと、彼が嬉しげに微笑む。脚を持ち上げられて、膝に愛しげな口付けを落とされた。

胸元に膝がつくほど脚を開かされ、濡れた後孔に熱いものが押し付けられる。

口付けられ、胸と後孔は散々に弄られたものの、前には触れられていない。それなのに、シリンの性器はすでに強張り、恥ずかしいほどに先端を濡らしてしまっていた。

羞恥を感じる間もなく、蕾を拡げられ、呼吸もできないほどの圧迫感を感じて、ぐぐっと先端の膨らみを呑み込まされる。

「う、う……っ」

苦しさにうめいたが、蕩けるほど香油で慣らされた蕾は、ずぶずぶと玉瓏《ユーロン》の高ぶりを受け入れる。

猛々しい性器で中をいっぱいに押し広げられ、軽く奥を突かれて、声が漏れた。

その瞬間、全身に痺れが走った。堪えきれない波に襲われ、シリンは触れられない性器から蜜が迸《ほとばし》るのを感じた。

一瞬驚いた顔になった玉瓏《ユーロン》が、すぐに頬を緩めた。

「……お前もまた、こんなにも私を欲していてくれたとは……」

歓喜が溢れたように、玉瓏《ユーロン》は達して戸惑っているシリンの腰を掴むと、激しく突き入れ始める。

「ひゃ……っ、あ、あぁっ、玉瓏《ユーロン》、さま……、まってっ、まだ」

力強い腕に押さえ込まれ、待ってほしいと頼んでも、より荒々しく穿《うが》たれてしまう。

絶頂に達したばかりの体に、更に奥まで熱い雄の高ぶりを呑み込まされて、シリンは混乱した。

「ずいぶんと待った。もう、ひとときも待つことなどできない」

苦しげな声音で告げながら、玉瓏《ユーロン》はシリンの胸元をまさぐる。

「あうっ」

すっかり尖った乳首を硬い指先できゅっと摘まれ、いっぱいに拡げられた後ろが彼をきつく締め付けてしまう。

後ろを突かれているうち、先ほど達したばかりのシリンの性器が再び芯を持ち始める。

「あっ、は、あぁ……っ」

ぐちゅぐちゅと音を立てられて、体中が熱くなる。目からは涙が溢れ出し、どうしていいのかわからない。

「……もう二度と、どこへも行くな。お前の身も心も、すべて私のものなのだから」

怖いくらいに真剣な目をして玉瓏《ユーロン》が言い放つ。

いいな？　と確かめられ、ぼうっとしたままシリンは何度も頷いた。

苦しいほど開かされた脚の間を、玉瓏《ユーロン》の性器で深くまで貫かれる。

先ほど達したばかりなのに、荒々しく突かれているうち、また抗い難い新たな波に呑み込まれる。下腹が熱くて、腰がじんと痺れた。

「あう……っ、あ、あっ」

堪えられず、再び腹を蜜で濡らしたシリンを、玉瓏《ユーロン》は熱の籠もった目で見つめてくる。

「ああっ！」

ひときわ激しく抽挿されて、シリンの脚ががくがくと揺れる。

ぎくしゃくとした動きで、縋るように彼の項に腕を回すと、玉瓏《ユーロン》の体がびくりと強張る。中を押し広げる性器が脈打ち、中に熱いものがたっぷりと注がれて、玉瓏《ユーロン》もまた達したのだとわかった。

「……愛している」

荒い息を繰り返す彼がそう囁き、かぶりつくような口付けをしてくる。

たとえようもない幸福の中で、シリンは恍惚としてそれを受け入れた。

＊　終章　＊

――騎馬遊牧民バティル族のシリンが朱国皇弟である朱玉瓏《ユーロン》に嫁いでから、二十年後。

病に倒れた朱国皇帝、玉虎《ユーフー》の次に帝位についたのは、五番目の皇子、玉祥《ユーシャン》だった。

正妃の後押しを受けた皇太子や、その他の兄皇子たちを退け、叔父と貴族や官吏たちからの圧倒的な支持を受けて、玉祥《ユーシャン》は皇帝となった。

玉祥《ユーシャン》は、即位後まもなく勃発した戦で、自ら軍勢を率い、イズマハール大平原に支配の手を伸ばした北西のリューディア国を撃退した。

玉祥《ユーシャン》の育ての親である叔父、玉瓏《ユーロン》の正妃は、遊牧民出身の異国人だった。玉祥《ユーシャン》は堅実な叔父から民草の心に添うことを学び、彼の伴侶からは、弓と剣の技を叩き込まれ、草原での慎ましくも豊かな暮らしを教わった。玉祥《ユーシャン》は幼少時から何度か足を運んだ草原に深い思い入れがあり、自らが帝位に即くずっと前から、遊牧民たちが苦境の際には支援の手を惜しまず、交流を続けた。

そのため、長年の確執が積み重なったリューディア国との間で、草原の支配権を奪い合う戦が始まると、玉祥《ユーシャン》に恩を感じていた遊牧民はすべて、朱国の味方をした。

勢いを手にした玉祥《ユーシャン》は、戦に大勝利を収めた。その結果、イズマハール大平原と遊牧民たちは友好的に朱国の支配下に置かれることとなり、玉祥《ユーシャン》は朱国の国土を倍に広げ、平定した名君として大陸に名を轟《とどろ》かせた。

玉祥《ユーシャン》はその後も堅実な治政を続け、朱国の歴史上、もっとも国を繁栄させ、長く平和を保った皇帝として歴史に名を残した。彼は一人だけの妃を大切にし、数人の子をもうけて、次の世代に帝位を渡した。

異国から来た叔父の伴侶は、生母を亡くした玉祥《ユーシャン》の心の支えとなった。玉祥《ユーシャン》の後ろ盾となった叔父玉瓏《ユーロン》と、彼が愛したたった一人の伴侶の名は、皇帝の命令により、感謝と愛慕を込めて、二人が暮らした宮の庭にある石碑に刻まれた。

――名君玉祥《ユーシャン》の陵墓とともに、彼の親代わりである叔父夫婦の墓には、今も手を合わせに来る民が後を絶たない。

―終―

あとがき

この本をお手に取って下さり本当にありがとうございます！

二十八冊目の今作は、中華風の大国で皇弟の玉瓏《ユーロン》と、草原の遊牧民シリンのお話になりました。遊牧民ものは以前から書きたいなと思っていた設定だったので、衣装とか世界観とか考えているだけでも楽しかったです。

ラストのほう、玉瓏の甥の玉祥《ユーシャン》が足踏みをして駆け出すシーンは、担当様がご提案くださって、めちゃめちゃ玉祥ぽい……！　と感激で即書きでした。玉祥は成長したら、玉瓏よりもちょっと雄っぽい雰囲気の美青年になるはずです。大人になってもシリンが大好きなまま育ってほしいです。

イラストを描いて下さったｙｏｃｏ先生、本当にありがとうございます！　憧れのイラストレーター様に描いて頂けて夢のようです……ラフの段階からシリンも玉瓏もすごく素敵で、出来上がりをものすごく楽しみにしております。

担当様、今回も丁寧なご指導をありがとうございました！　好きなものを楽しく書かせていただけた上、素敵な本にしてもらえて、感謝でいっぱいです。

それから、この本の制作と販売に関わってくださったすべての皆さまにお礼を申し上げます。
　そして、読んでくださった皆様、本当にありがとうございました！　何かご感想などありましたらぜひ教えてくださいませ。また次のお話でお目にかかれましたら幸せです。

釘宮《くぎみや》つかさ

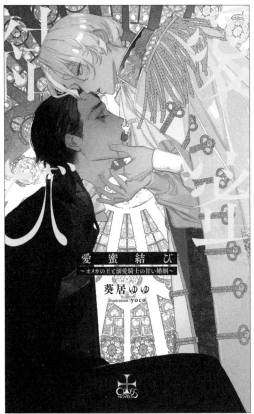

CROSS NOVELSをお買い上げいただき
ありがとうございます。
この本を読んだご意見・ご感想をお寄せください。

〒110-8625
東京都台東区東上野2-8-7　笠倉出版社
CROSS NOVELS 編集部
「釘宮つかさ先生」係／「yoco先生」係

CROSS NOVELS

皇弟殿下と黄金の花嫁

著者

釘宮つかさ

2022年9月23日　初版発行　検印廃止

発行者　笠倉伸夫

発行所　株式会社 笠倉出版社
〒110-8625 東京都台東区東上野2-8-7 笠倉ビル
[営業]TEL　0120-984-164
FAX　03-4355-1109
[編集]TEL　03-4355-1103
FAX　03-5846-3493
http://www.kasakura.co.jp/
振替口座　00130-9-75686

印刷　株式会社 光邦

装丁 Asanomi Graphic

ISBN 978-4-7730-6350-9
Printed in Japan